ユング、『ユリシーズ』を読む

カール・グスタフ・ユング［著］
小田井勝彦・近藤耕人［訳］

ULYSSES

A MONOLOGUE

小鳥遊書房

ユング、『ユリシーズ』を読む　目次

Ulysses: A Monologue

『ユリシーズ』——心理学者のモノローグ

カール・グスタフ・ユング

凡例

・原註は（　）で、訳註番号は＊で文中に付し、本論末に註を記した。

この論文のタイトル『ユリシーズ』はジェイムズ・ジョイスを扱うものであって、権謀術数を弄して神々や人間どもの恨みや復讐を逃れ、苦難の航海を経てわが家の炉端へ帰還したホメーロスの世界の、かの明敏、疾風怒濤の英雄を扱うものではない。ギリシャの同名の人物とは正反対に、ジョイスのユリシーズは無気力な知覚の意識、言い換えれば、目、耳、鼻、口にすぎず、心身に起こる出来事の轟音、混沌の滝となって落ちる痴愚の奔流に無差別に晒され、それを写真に撮るかのようにそっくり記録する知覚神経にすぎない。

『ユリシーズ』(1)は、七三五ページに七三五日の時間の流れを注ぎこむ本であり、すべては一平凡人（エブリマン）のたった一日の平凡な日常（エブリデイ）、なんの関わりもないダブリン、一九〇四年六月十六日を舞台としているが、事実その日は何も起こらない。その流れは、空（くう）で始まり空で終わる。*1ひょっとするとこれはすべて、人生の本質についてのストリンドベリ流のただひとつの果てしなく長く飛び抜けて複雑な声明であって、読者には迷惑なことだが決して終わることがないものなのではないだろうか。それは人生の本質に触れているのだろうが、人生の万という面、何万という色合いの変化に触れていることは間違いない。私の目の届く限り、その七三五ページに目立った繰返しはなく、長々難儀する読者が一息つける有難い島はひとつもない。百ページかそこらで腰を下ろし、辿ってきた道のりを思い出してほっとするものだ。思い掛けないところに滑り込ませたきまり文句でもあればいいのだが。なんとそれがない! 情け容赦もなく流れは滔々（とうとう）とつづき、その急ぎの速度は最後の四十ページで加速し、句読点の記号までもなぎ払ってしまう。その流れは、ハッと息を呑み込ませ、耐えられなくなるほどの緊張下にあるか、いまにも充満して爆発しそうになる空虚さにこのうえもなく無慈悲な表現を与えるのだ。この絶望的な空虚さが、この本全体の主調なのである。無で始まり無で終わるだけではなく、徹底して無から成っている。[2] すべてがひどく無意味である。この本を芸術手腕の技の面から見るならば、正真正銘見事であり、かつ忌まわしいモンスター誕生である。[3]

私には年老いた叔父がいたが、彼が考えることはいつも的を射ていた。ある日、彼は路上で私を呼び止め、「地獄では、悪魔はどのように亡霊たちを虐（いじ）めるのか知っておるか」と質問した。知らないと答えると、「悪魔は亡霊たちを待たせておくのだ」と断言した。そう言い放って彼は歩き去った。初めて『ユリシーズ』を難儀しながら読み進めていたとき、ふとこの言葉を思い出した。一つひとつの文に期待をかき立てられるが、それが満たされることはない。やがてすっかりあきらめ、もう何も期待しなくなる。そうして少しずつ、またもドキッとすることに、自分が実に正鵠（せいこく）を射ていたことがわかってくるのである。そのとおり何も起こらず、何も生じてこないのだが[4]、それにもかかわらず、希望のないあきらめに逆らいながら、読者は密かに期待してページからページへと進むのである。何も内容がない七三五ページは決して白紙からなるのではなくみっしり印刷されている。読んで、読んで、読んで、あなたは読んだものを理解したふりをする。ときおりエアーポケットにはまってまた別の文へと進むが、いったん適度のあきらめの境地にいたると、どんなことにも慣れてくる。私もそうで、内心絶望しながら一三五ページまで読み、途中で二度居眠りした。ジョイスの文体は驚くほど多種多様であるため、単調で眠気を誘う効果がある。読者に届くものは何もない。何もかもに背を向けられ、読者は茫然とするばかりである。この本は絶えず動き回って、じっと安らぐことがなく、皮肉、辛辣、毒があり、軽蔑的で、もの悲しく、絶望的で、苦々しい。優しい労りの眠りが差してこのエネルギーの消耗を止めさせることがなかったなら、読者は自分の無為に共感することとなる。一三五ページに到達したとき、(5)その本を捉えるか、俗にいうように「公平に評価」しようと何度か英雄的な努力を試みたあと、私はついに深い眠りに落ちた。しばらくして目が覚めると、私は極めて頭脳明晰となって、この本を終わりから逆に読むことにした。これは普通の読み方と変わらず良い方法であることがわかった。この本が終わりからも読むことができるのは、前進も後進もなく、上も下もないからである。何ごとも以前からそうしても良かったのだろうし、これからもいっそうそうしたらいいかもしれない。(6)終わりからでも同じように会話を楽しく読めるのは、うまい言い回しを見落とすことはないからである。全体としては何もない。それぞれの文がうまい言い回しである。また文の途中で読むのを止めてみると良い——最初の部分だけでもまだ充分知性に訴える存在理由（レゾンデートル）がある、あるいは少なくともそう思える。作品全体は二分されたうじ虫を思わせ、それは必要なところに新しい尾と頭を生やすことができる。

この尋常ではない不気味なジョイスの精神の特徴は、彼の作品が冷血動物の類、とりわけうじ虫の科に属していることを示している。もしうじ虫に文芸を嗜（たしな）む力があるならば、それは脳がないので交感神経系を使って書くだろう。(7) 私が思うに、この種のことがジョイスには起こり、大脳活動が厳しく抑制され、知覚のプロセスだけに限定されて、内臓で考え感じることがここにはあるのではないだろうか。(8) 感覚の領域でジョイスが成し遂げたことに対しては驚きを禁じ得ない。外的であれ内的であれ、彼が何をどのように見て、聞き、味わい、嗅ぎ、触れるかは驚くべきことである。一般に感覚や知覚の領域の専門家であれば、普通は外的もしくは内的世界に限られるものである。ジョイスはそれら両方を知っている。ダブリンの街の人びとと事物が主観的な連想の鎖の花輪で飾られている。客観的なものと主観的なもの、外的なものと内的なものがたえずからみ合い、彼のイメージ群は鮮明であっても、しまいには物質的なさなだむしを扱っているのか、それとも超越的なさなだむしを扱っているのかわからなくなる。[9]本来さなだむしは生きている全宇宙であり、驚くほど生殖能力が高い。これはジョイスの各挿話の比喩としては決してふさわしくないことではないが、見目うるわしいとはいえないように思える。さなだむしはさなだむししか生み出さないのは確かだが、それを無尽蔵の量で生み出すことができる。ジョイスの本は一四七〇ページあるいはその数倍もあったかもしれないが、その無限の量はひとこと縮めても減ることはなかっただろう。本質的なことはまだ言われていなかっただろう。しかし、ジョイスは何か本質的なことを言いたいのだろうか。この昔ながらの先入観はまだ存続しているのだろうか。オスカー・ワイルドは芸術作品は全く無益であると主張した。今日

ではペリシテ人[*2]でさえこの見解に反対はしないが、ジョイスは心の内ではやはり芸術作品が何か「本質的な」ものを含むことを期待しているのだ。だがなぜそれを隠すのか。なぜ率直にそうと言わないのか。なぜそれを読者に差し出し、ご覧ぜよとばかりに示さないのか――愚者も誤たぬ聖なる小径[*3]であると。

　そう、私はうんざりし、腹が立った。この本は読むに足らないだろう。どこにも私の気に入ろうとするものがなく、読者に劣等感を覚えさせるばかりである。確かに私の気血にはペリシテ人的なものが多く流れているので、本は私に何かを言いたい、理解されたいのだと無邪気に想定している――明らかに本という物体に投影した神話的擬人観である！　いずれにせよなんという本。それについてなんとも言いようがない――聡明な読者にとってはいまいましい敗北の縮図であり、ジョイスの暗示体を使うなら、そもそもそんな……ではないのだ。確かに本には内容があり、何かを提示している。しかし、ジョイスは何も提示したくなかったのではないか。ではこの本はひょっとして彼を提示しているのか――それなら、この永久の孤独、この目撃者のない進行、根気強い読者に対するこの腹だたしい非礼の説明がつくだろうか。ジョイスは私の悪意をかき立てた。自己の愚鈍をもって読者に対峙すべきではない。しかし、これこそ『ユリシーズ』が成し得ていることなのである。

私のような療法専門家はつねに精神療法（セラピー）を実践している――自分に対しても行なっている。いらだちとは、「おまえはまだその背後を見ていない」という意味である。それゆえ自分の悩みを辿り、不機嫌の種がなんであれ見つけたものを自分の前に拡げてみることである。それで気がつくのは、私の神経がいらだっているのは、理解したいと思い[10]、好意をもち、優しく公正であろうとする一般読者の教養ある聡明な代表者に対するこの思慮のなさ、この無責任さであるということだ。彼のこの独我論が私をひどく苦しめる。そこでわかるのは、彼の内なるとかげか[*4]、さらにその下方から来るように思える彼の心の冷血な疎遠さ――自身の腸のなかで腸と交わす会話――であり、石の角、石の髭、化石の腸をもつ石のひと、エジプトの肉鍋にもパンテオンにも冷酷な無関心の背を向け、そうして読者の善意を残酷に傷つけるモーゼである。

この石の地下世界からさなだむし[*5]の像が現れ、さなだむしは片節生殖であるため、実は蠕動(ぜんどう)、小刻みな波動で退屈である。たしかにどの片節も他のものと全く同じではない。それでもあれこれ取り違えることはありそうだ。この本のどの部分、どんなに短いところでも、ジョイスは彼自身であるとともにその節の唯一の内容である。すべては新しく、それでいて始まったときのままである。自然に対する絶対服従！　なんという豊かさ――そしてなんという退屈さ！　ジョイスはなるほど私を退屈させるが、それこそ最低の陳腐でも生み出せないような邪悪で危険な退屈さである。それは自然の退屈さ、ヘブリディーズ諸島[*6]の険しい岩山に吹きすさぶ荒涼とした風の音、サハラ砂漠に昇り沈む太陽、海の轟音――クルティウス[*7]がいみじくも言った真の「ワーグナーの主題音楽」であり、しかも永遠に繰り返される。ジョイスの困惑するばかりの種々雑多にもかかわらず、いくつかの主題を取り出すことはできる。それらは意図せざるものか。ことによると、彼にとってはない方がいいだろう、ここには桁の値がないから。しかし主題は避けられないものであり、ジョイスが一貫して行なっているように、いかに出来事から魂を追い出そうとしても、主題は心理的な出来事が形成される骨格なのである。この本には魂のあるようなものは何もなく、温かい血のすべての分子は冷やされている。出来事は凍りついたエゴイズムで過ぎていく――それに出来事といったら！　いずれにせよ楽しいもの、晴れ晴れするもの、わくわくするものは何もなく、灰色で、忌まわしい、ぞっとする、哀しい、悲劇的で皮肉なものばかりである。これらはすべて影のなかの経験で混沌としているので、拡大鏡で主題のつながりを探さなければならない。それでいてそこにあるのは、まずひどく個人的な性質の許し難い憤りの形に乱暴に切り取られた少年時代の残滓であり、続いて群衆の目の前で哀れに剝き出された思想史の残骸の断片である。宗教と性と家庭の面から見た作者の少年時代が一連の出来事の流れの波立つ水面に映される。彼の人格が平凡で俗な好色家ブルームと、思弁と精神ばかりで中身は空っぽのスティーヴン・デダラスに分裂しているのが見分けられさえする。この二人、前者は息子がおらず、後者は父親がいない。

各章のあいだには密かな秩序や平行関係があるようで――どうやらこの趣旨は充分根拠あるものとほのめかされているが――いずれにせよとても巧妙に隠されているので、最初その種のことに私は何も気がつかなかった。それらに気づいたとしても、いらだち、孤立無援だった私は興味をもたなかっただろう。ありふれた人間喜劇の単調さなどはどれもほとんど興味がなかったろうから。

私はすでに一九二九年に『ユリシーズ』を手に取ったが、少し読むとがっかりしいらいらしてまた脇へ置いてしまった。今日でもまだその当時と同様それは退屈させる。ではなぜ私はそれについて書くのか。普通ならこの本について書くことはしないだろう。私には理解できないどんな形のシュルレアリスム（シュルレアリスムとは何か?）についても書くことはないのと同様。私がジョイスについて書いているのはある出版社が、いまだに世間で評価が分かれているジョイスというか『ユリシーズ』についてどう思うかといいかげんに私に尋ねてきたからである。唯一議論の余地がないことは『ユリシーズ』が十版を重ねた本であることと[11]、その作者が一部のひとからは称賛され、他からは酷評されていることである。しかし彼は論争の十字砲火に曝されており、それゆえとにかく心理学者が不用意にも無視することは許されない現象なのである。ジョイスは同時代人には大変な影響を及ぼしており、最初私が『ユリシーズ』に興味をかき立てられたのもこの事実による。もしこの本が騒がれもせず、忘却の淵に沈んだままであったら、私がふたたびそれを引き上げることはまずなかったであろう。というのも私はうんざりさせられ、ろくに楽しくもなかったからである。とりわけ退屈させられたのも私が落ち込んでくるからで、それは作家のもつ負の気分の所産ではないかと思ったからであった。

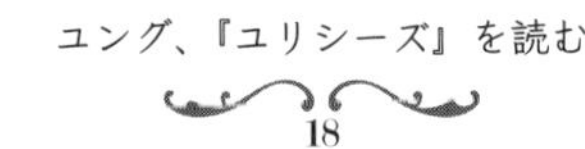

しかし、それはもちろん私の偏見である。私は精神科医であり、それゆえ心の発現すべてに関して職業的な偏見を含んでいることになる。読者に警告しておくが、平均的な人間の悲喜劇、存在の冷たい側面、精神的なニヒリズムの薄暗さが私の日々の糧である。それは私にはストリートオルガンが流す曲、気抜けて侘びしい調べ。そこには胸を打つもの、心に触れるものは何もない。私は天職でこういう気の毒な状態から人びとを救い出すことで精一杯だったから。私はそういう状況と不断に闘い、私に背を向けないひとたちの症状にだけ心を配っているのかもしれない。『ユリシーズ』は私に背を向ける。素直でない、延々と続く曲を延々と歌いつづけようとする——あの飽き飽きするほど知っている曲——内臓思考と大脳活動がただの感覚・知覚に還元した縄ばしご方式。そのまま永続して、再編しようとしない条件。読者は放置されて腹が立ってくる。破壊的であること自体が目的であると権威づけられている。本気で死のうとしているときはいつもそうだが、ここはちょっと待たなければならない。

しかしそれだけではない。症状もいろいろある！　いずれもごくありふれたものばかりで、精神障がい者の延々と続く書き物。分裂した意識だけを自由に操り、それゆえ判断能力が完全に欠如し、その価値観の萎縮に苦しんでいる。しばしば判断能力や価値観の代わりに、感覚活動が鮮鋭になる。そこでこの書き物で見られるのは、鋭い観察力、知覚に対する感覚の写真的記憶、外部と同じく内部に向けられた驚くべき感覚の好奇心、回顧的なテーマと恨みの重さ、主観的なものと心理的なものを客観的な現実と混同し錯乱すること、物事を提示する際、読者のおかまいなしに造語、断片的な引用、物音と話し言葉の連想、思考の突然の転換と中断を好き放題にする方法である。さらに馬鹿馬鹿しい皮肉にふけるのを厭わないという感性の退化がある。素人でも『ユリシーズ』と統合失調症の精神状態の類似性は簡単に辿れるはずである。その類似性は相当濃厚なので、気乗りしない読者なら「統合失調症」と診断してすぐに本を脇に置いてしまうかもしれない。精神科医が見てもその類似には驚くべきものがあるが、精神障がい者の作文の特徴である、型にはまった表現がまるでないことに気づくだろう。『ユリシーズ』はなんとでも言えようが、繰り返しの単調さは確かにない（これは先に述べたこととは矛盾しない。『ユリシーズ』に関しては何も矛盾したことは言えない）。描写は流れるように連続し、あらゆるものが動いており、固定されているものは何もない。全体は地中の流れあるいは生に運ばれ、一点集中した目標と厳密な選択を示し、その二つはともにまぎれもなく、ともに統一した個人の意思と断固とした意図の存在を示す明らかな徴しである。精神の機能はしっかり制御されており、気ままに迷走して表れることはない。知覚機能つまり感覚と直観は終始優先されるが、考え感じる識別機能は一貫して抑制されている。後者は精神的な内容、知覚の対象としてのみ表れる。突然美しいものに触れて身を委ねたいという誘惑をしばしば感じても、精神と世界の影絵を作ろうとするのは引き止める。これらは通常精神障がい者には見られない特徴である。普通ではない精神障がい者もいるにはいる。しかし精神科医はこのような診断を下すための基準をもってはいない。精神異常であると思えても一般的な理解では思いもよらぬある種の精神状態である場合もある。最高の精神力の偽装ですらあるかもしれない。

『ユリシーズ』を統合失調症の産物と分類することなど、私には思いもよらぬことだろう。それにこのようなレッテルを貼っても何も得られるものはないだろう。私たちが知りたいのは『ユリシーズ』がなぜこれほど強い影響力を及ぼしているのかということで、作者が軽度あるいは重度の統合失調症であるかどうかではないのだ。『ユリシーズ』が病理学的な作品でないのは、現代芸術全体がそうでないのと同じである。それが最も深い意味で「キュビスム風」であるのは、実際の光景を分解して複雑極まる絵画に変えてしまい、その主調は抽象的客観性の鬱だからである。キュビスムは病気ではなく現実をある仕方で提示する傾向である——それはグロテスクに写実的か、グロテスクに抽象的な方法である。医学的には、統合失調症患者はおしなべて現実を初めて見るもののように扱うか、反対に自分が現実から他所者になる傾向があると説明する。確かに統合失調症患者に関しては一般に認識の適正の問題ではなく、むしろ人格が分裂して人格の断片（いわゆる自律神経失調症）となることから不可避的に生じる症状である。現代の芸術家において、その傾向は個人のなんらかの病気によって生み出されるのではなく、私たちの時代の発現である。芸術家は個人の衝動ではなく集合的な生の流れに従っており、後者は意識から直接生じるのではなく、むしろ現代の心理の集合的無意識*8から生じているのである。それは集合的な発現なので、文学だけではなく絵画、建築だけではなく彫刻の広い範囲に分かれた領域で同一の実を結んでいる（さらに、この発現の精神的な父祖の一人であるファン・ゴッホが実際精神障がいに苦しんでいたことも意味深い）。

病んだひとにおいては、グロテスクな現実や同じくグロテスクな非現実をとおして美と意味が乱れた染みとなるのは、人格崩壊の結果である。しかし芸術家においてはそれは創造的な意図である。彼の作品は、それを装って経験し苦悩し打ちひしがれた人格の表現であるどころか、反対に現代芸術家は破壊的な作品にこそ実際に自己の芸術存在との一体を見出すのである。意味から無意味、美から醜へのメフィストフェレス[9]的な転換——意味と無意味の耐えがたい類似、醜の腹だたしい美——こうした創造芸術の表現をこれほど目の当たりにすることは人間の文化史上かつてなかったのである。なるほどそれ自体は、原理としてはなんら新しいことではない。その種のものはアメンホテップ四世[10]時代の強引な様式改変に、初期キリスト教時代の愚かな子羊の象徴主義に、ラファエロ以前の哀れな素朴人物像に、互いに渦巻き絞めつけ合う瀕死のバロックに見て取ることができる。極端な違いはあるが、これらの時代にはすべて隠れた関連がある。それらは創造的な孵化の時代であり、それが意味するものの因果関係を考察しても満足な説明は得られない。集合的な心理のこのような発現は、目的論によって何か新しいものの予想と見なされて初めてその意味が明らかになるのである。

アメンホテップ（アクエンアテン）の時代はユダヤ教の伝統に基づく世界で維持されてきたあの一神教の揺籃期であった。初期キリスト教時代の粗野な幼稚症はローマ帝国の神権政治への転換の前兆にほかならなかった。実のところルネサンス前の素朴人たちは古代ギリシャの最初期以来世界から失われていた至高の官能美の先触れだったのである。バロックは現存する教会様式の最後であり、その自己破壊により中世の教条主義の精神に対する科学の精神の勝利を予言していた。ティエポロ[*11]なるものはすでに描画技術の限界域に達していたが、その芸術的力量からすれば、彼は頽廃（デカダンス）の徴候ではなく、創造の全存在を賭けて必須の分解を成し遂げようと制作しているのである。初期キリスト教徒が同時代の芸術と科学から離反することは、彼にとっては不毛ではなく人間の前進を意味していたのだった。

こういうわけで、私たちは積極的で創造的な価値と意味を『ユリシーズ』だけでなく、それが精神的に関連する芸術一般にも与えることができる。今日まで保持されてきた美と意味の基準を破壊しようとして、『ユリシーズ』は奇跡を成し遂げている。それはおきまりの感情をすべて馬鹿にし、意味と内容への予想を裏切り、あらゆる推論をあざ笑う。私たちは意地悪く何か統合や形式の跡はないかと疑うだろう。というのは『ユリシーズ』に何かこういう現代的でない傾向があると提示できたら、それは残念ながら不完全を指摘することになるだろうから。『ユリシーズ』について貶すことがあるとすればそれはすべてその特異な性質の証明になる。というのは私たちの非難は非現代人の憤りから生じているもので、神々が慈悲深くも彼の目から隠してくださったことを見たくないからなのだ。

現代人のうちには、ニーチェのディオニュソス的[*12]な充溢からこみ上げ、彼の心理的に敏感な知性に押し寄せ、御しえず抑制できないもろもろの力がそのままの形で現出している（それ自体はアンシャンレジームのおかげだったであろう）。『ファウスト』の第二部の最も謎めいた文章でさえ、『ツァラトゥストラ』や『エッケ・ホモ』でさえ、様々な方法で世界に身をゆだねようとしている。現代人だけが裏側の芸術あるいは芸術の裏側を造ることに成功した。つまり、大声であれ小声であれもはや身を任せない、ついに協同を拒むとはどういうことかを公言し、現代人の先駆者たち（へルダーリン[13]を見よ）がすでに内気ではあるが穏やかではない姿を現していた、古い理想の粉砕を始めた対抗の頑固な意思をもって呼び掛ける芸術である。

私たちは経験分野のどれかひとつに目を向けても、何が問題であるかをはっきり知ることは全く不可能である。どこかの地点であったひと突きのことを扱っているのではない。私たちは現代人による世界「転覆」ともいえるものを扱っているのである。現代人はどうやら大きくなりすぎた世界の総和と実質を振り払おうとしている。残念ながら私たちは未来を見通すことはできないので、私たち自身最も深い意味で今なおどれほど中世に属しているのか知らないでいる。万一未来の一層高い見張り塔から展望して、今日の私たちが中世の時代精神にどっぷり浸かっているように見えたとしても、私としてはべつに驚かないだろう。というのもこのような事情だけでは、どうして『ユリシーズ』の流儀の本や芸術作品が存在し得るのか充分に納得できないであろう。それらは相当強力な下剤であって、その効力は執拗頑固な抵抗に遭って必要な根治療法を施されなければ全身に放散するだろう。それは一種の心理的特効薬であり、最も確実で強い成分が必要な場合にのみ使われる。これはその狂信的な一面性のためにすでに崩れかけている価値を侵食するという点でフロイトの理論に共通している。

『ユリシーズ』は科学的ともいえる冷静さを示しており、ある程度科学的な話法に倣ってさえいるが、それでいて実に非科学的な偏りもある。『ユリシーズ』は否定にすぎない。それでも創造的なのである。創造的破壊である。ヘロストラトス風[*14]の芝居ではなく、同時代人に現実の影の面をあてつけようと熱心に努めているのであり、それも悪意からではなく、無邪気な芸術的客観性の天真爛漫さでこれを行なっている。たとえ結末の場面、最終ページに近いところで贖いの光が雲間から物欲しそうに射してくるとしても、この本を悲観的だといっても無理はないであろう。これはどれもこれもすべてがオルクス[*15]から生まれた七三四ページに対してのたった一ページである。黒くぬかった流れのあちこちで美しい水晶が光っているから、現代的ではないひとでさえもジョイスは自らの商いを――それは今日の芸術家なら当然と思う以上に――わかっている「芸術家」であり、彼はその点では昔の名手でさえあるが、より高い目標の名のもとに敬虔にも自らの力を絶った達人であると認識する。自分は芸術を「転覆」（「転向」と混同してはならない）させながらも、ジョイスは敬虔なカトリック教徒に留まっている。彼のダイナマイトは主に教会と、教会によって生み出されたり、影響を及ぼされたりした精神構造に消費されている。彼の「反世界」は、必死で政治的独立を享受しようとしているエリン人[*16]の中世的で偏狭極まる、典型的なカトリックの雰囲気をもっている。作者は多くの異国の土地で『ユリシーズ』に取り組み、そのどこからも信仰と親近の情を抱いて「母なる教会」とアイルランドを振り仰いだ。彼は異国の停泊地をただアイルランドに対する追憶と憤りの大渦巻[*17]のなかで自分の船を留めるための錨として利用したのだ。

こういう態度は地元でしか興味を引かず、他所の世界は無関心のままであると思われるかもしれない。しかし世界は無関心ではない。ジョイスの同時代人への影響を見ると、地方の現象は多かれ少なかれ普遍のものであるようで、この場合も、それにあてはまるにちがいない。現代人たちのコミュニティがあるらしく、その人数は多く、一九二二年以来十回版を重ねた『ユリシーズ』をむさぼり読んでいるのだ。この本には彼らにとって何かがあり、彼らがそれまで知りもせず感じることもなかったあるものの啓示さえもたらしているにちがいない。彼らはこの本にうんざりすることはなく、助けられ、生気を与えられ、教えられ、改宗させられ、あるいは「転覆させられ」る。彼らが何か好ましい状態に入っているのは明らかである。そうでなければ、この本を一ページから七三五ページまで念入りに読み進むならば必ずや読者は憎悪の念に駆られて、免れがたい眠気に襲われることだろう。それゆえ思うに、中世カトリックのアイルランドは、これまで私が知らなかった広い地理的範囲を包含しており、普通の地図に示される範囲よりはずっと大きいことは確かである。デダラスとブルーム両氏にあってはカトリックの中世は、普遍的といってもいいように思えるのだ。

あらゆる階層の住民が、『ユリシーズ』のように彼らの精神的な環境に縛りつけられているので、閉じこもった孤立を打破するにはジョイスくらいの爆発物が必要なのだ。問題はこういうことなのだと私は思う。つまり私たちはまだ中世にどっぷりと浸かっている。これは揺るがすことのできない真実だ。そしてジョイスの同時代人が中世の偏見に心底傾倒しているために、彼やフロイトのような否定の預言者たちが「もうひとつの現実」を明らかにするために必要なのである。

もちろんこのような途方もない仕事は、キリスト教の慈愛をもってしぶしぶ目を世界の影の面へ向けようとした一人の男だけでは到底成し遂げられるものではない。それは全くの無関心で傍観するだけとなるだろう。否、この啓示はふさわしい心持ちでもたらされなければならず、ここでもジョイスは達人である。こうして初めて否定の心情の力が発揮されるのである。彼の『ユリシーズ』は、ニーチェの「背後からの神殿冒瀆的な手荒な行為*[18]」をどのように実行するものかを示している。彼はそれを冷徹で実務的な方法で行ない——自分はかつてニーチェ自身がそう夢想した以上に「神々を奪われている」ように見せている。これはすべて、精神的な環境が及ぼす影響は、理解とは無関係で、すべては感情と関係しているという暗黙の正しい想定に基づいている。ジョイスはぞっとするほど空虚で、神はなく、精神を奪われた世界を私たちに示しており、それゆえ彼の本からほんの僅かな楽しみを引き出すひとなど誰もいないと誤解してはいけない。おかしく思えるかもしれないが、『ユリシーズ』の世界が、自分たちの精神誕生の地の暗闇に希望もなく縛られている人びとの世界よりは、間違いなく良いものであることはやはり真実である。たとえ邪悪で破壊的な要素が支配していても、それはまだ「善」の側、あるいは「善」を犠牲にした光のなかで栄えている。「善」は過去に由来し、実体は無慈悲な暴君であり、幻想に基づいた偏見の体系である。それは野蛮極まるやり方で人間の生命を骨抜きにし、その潜在的な豊かさを奪い、体系にしがみつく人びとに対してついには耐え難くなる精神的圧迫を加えるといった影響を与える。『ユリシーズ』にニーチェ風の標語をつければ、「道徳の領域での奴隷の蜂起」となるだろう。体系にしっかり縛られた人間を解放するものは、自分の世界と自己の本性の事実を認識することである。超過激派党員（アーチ＝ボルシェヴィスト）が髭を剃らずに浮かれ騒ぐように、精神に縛られたひとは、たった一度だけ自分の世界の有り様を率直に話すことに喜びを見出す。眩しすぎる光で目を晦（くら）まされたとき、ひとは暗闇を讃えるし、果てしない砂漠は脱獄囚にとって天国である。今日の中世人にとって、もはや美しいもの、善いもの、意味あるものの化身でないことは、正に償いなのである。これというのも、彼の影の側において理想は、創造的な行為でも山頂のかがり火でもなく、軍事教練軍曹か監獄、あるいはある種の形而上警察であり、元々は群衆の暴君的な指導者であるモーゼによってシナイ山の高所で考案され、巧みな策略によって人類に強いられたものである。

出自から見ると、ジョイスはローマ・カトリックの権威の犠牲者である。しかしながら、彼自身の目指していることから見ると、彼は改革者であり、当座は否定で満足している。彼は抗議者（プロテスタント）であり、とりあえず自らの抗議で身を持している。感情の退化は現代人の特徴であり、感情の過多、とりわけ偽りの感情の過多に対する一種の反発としてつねに姿を現す。『ユリシーズ』における感情の欠如から、その元となった時代の度し難い感傷性の存在を推論するのは自由であろう。しかし、私たちはほんとうに今日それほど感傷的なのであろうか。

これも遠い将来答えなければならない問いである。いずれにしても、私たちは途方もない大規模の感傷性の捏造に巻き込まれていると疑わせるような証拠がある——たとえば戦時下で人口に膾炙（かいしゃ）した感傷の実に全破滅的な役割を見よ。また、われわれに向けられるいわゆる慈悲なるものを見よ。精神科医は、各人はそれぞれ無力にはなるが、自らの感傷の哀れな犠牲者にはならない状況をよく承知している。感傷性とは全くの残忍性の上に築かれた上部構造である。感情の欠如はそれに対抗する立場であり、当然ながら同じ離反を苦しむことになる。『ユリシーズ』の成功はその感情の欠如が有効であることを証明している。それゆえ感傷が多すぎると判断し、読者はそれを抑えてもらいたいだろうと想定しなくてはならない。私たちは中世に浸かっているだけでなく、私たちの感傷性に掴まっていると気がつくべきだ。それゆえ、預言者が出現して私たちの文化に感情の欠如の償いを教えることを大いに考えるべきであると私は思う。預言者は無愛想で行儀が悪いものだが、ときにはまっとうなことを言うものだ。預言者には偉いのもつまらないのもいるそうだが、ジョイスがどちらの部類に属すのかは歴史が決めるだろう。真の預言者が皆そうだが、芸術家は知らないうちに彼の時代の代弁者となり、その口からその時代の魂の秘密が語られ、ときには夢遊病者のように無意識のままである。彼は話しているのは自分だと思っているが、その時代の精神が彼のプロンプターであり、この精神が話すことはなんでもそうだ。それが現代の一般に意識されている事実だから。

『ユリシーズ』は私たちの時代における人間の記録であり、それ以上のものである。それが秘密である。この作品は精神的に縛られていたものを解放することができ、その冷徹さは一切の感傷――そのうえ正常な感情までを――髄まで凍らせるというのは真実である。しかし、これらの健全な効果を及ぼしたあと力尽きることはない。悪魔自体がこの作品のスポンサーであるという考えは面白くはあるが、承服しがたい。

『ユリシーズ』には生命があって、生命がただひたすら邪悪だとか破壊的であるわけでは決してない。たしかにその一番手に触れられる面は否定的で破壊的に見えるが、ひとはそこに何か手に触れられないものも感じる――ある秘密の意図で、それが意味を与え、だから価値がある。この言葉とイメージのパッチワークキルトがひょっとすると象徴的なのではないか。私は寓意（とんでもない！）ではなく、それがどういうものかつかめないあるものの表現として象徴[*19]を考えている。そうであれば、ある隠れた意味が必ずやどこか珍しい織物をとおして輝くであろうし、ときおりいつかどこかで聞いたことのある調べが響いてくるだろう。異な夢か忘れられた民の隠れた知恵のなかかもしれない。この可能性は抗えないが、私はというと、その鍵を見つけることはできない。それどころか、この本は最大限の熟慮を重ねて書かれたもののように見える。夢ではないし、無意識の啓示でもない。ニーチェの『ツァラトゥストラ』やゲーテの『ファウスト』第二部と比べると、一層強い目的性と一層特有の方向性を示している。間違いなく、このことが『ユリシーズ』にはなぜ象徴的な作品の特徴がないかの理由である。ひとはきっと原型となる土台を見抜いている。デダラスとブルームの背後には精神と肉体を備えた男の永遠の像があることは疑いない。ブルーム夫人は世俗に絡まったアニマ[*20]を秘めているのではないか。ユリシーズ自身は英雄（ヒーロー）かもしれない。しかしこの本はその背景には焦点を当てていない。それどころか、客観性と意識の極限を達成しようと努めている。外見は象徴的ではなく、決してそうはなるまいと思っている。それでも象徴的なところがあるとすれば、細心の注意にもかかわらず一、二度無意識が作者にいたずらしたのだということだろう。というのは何かが象徴的であると思うのは、ひとがその隠れて捉えどころのない性質を感じ取り、その捉え難い隠れた性質をなんとか具体化して表現しようと必死になっていることを意味している。彼がつかもうとしているものが世界の何かであろうと精神の何かであろうと、彼は全精神力をかけてそれに向かい、虹色のヴェールをすべて通り抜けなければならない。彼は底知れぬ深淵に用心深く隠された金を日の光の元にもたらさなければならない。

『ユリシーズ』で驚嘆させられるのは、千のヴェールの裏に何ひとつ隠されたものがなく、それは心にも世界にも向かわず、宇宙空間[12]から眺める月のように冷ややかに、成長、存在、衰退のドラマの進行を見守っているということである。私は『ユリシーズ』が象徴的ではないことを心から望む者だ。そうであったらねらいが外れていただろうから。耐え難い七三五ページの下にこのうえない注意を払って隠してあるものとは、一体どのような注意深く保護された秘密なのであろうか。無駄な宝探しに時間と労力を費やさない方が良い。この本の裏には何もないかもしれないのだ。もしあったら、私たちの意識は再び世界と心の領域に放り出され、デダラスとブルーム両氏は未来永劫名を残し、ごまんという生活面で愚弄されるだろうから。これこそまさに『ユリシーズ』が避けたいことである。それは月の眼[*21]になること、物から解放され、神々にも肉欲にも身をゆだねず、愛にも憎しみにも、確信にも偏見にも縛られない意識になることを願っている。『ユリシーズ』はこのことを説くのではなく実践している。意識の超脱はこの本の霧の背景に微かに光る目標である。[(13)] これはきっと新しい世界意識の秘密であり、七三五ページを入念に読む者ではなく、『ユリシーズ』の眼をもって七三五日間自分の世界と自分の心を見つめた者に明かされる。この時間は象徴的に解釈することができる。「一期間、倍の時間、半分の時間」[*22]、それは確定できないが、変容が起こるのには充分な時間であるにちがいない。意識の超脱はホメーロスによるオデュッセウスの姿をとる。スキュラとカリブディス[*23]のあいだ、あるいは心と世界の衝突する岩であるシュムプレーガデス[*24]のあいだの海峡を航海する英雄的受難者。ダブリンの地獄のイメージを例にとれば、ジョン・コンミー神父とアイルランド総督のあいだ[*25]で、リフィー川を漂っていく「軽いしわくちゃのビラ」である。

エリヤ、小型ボート、軽いしわくちゃのビラが東へと航海し、帆船やトロール船の脇を、コルクの群島のまった只中を進み、ニューワッピング通りを超えてベンソン渡船を過ぎ、ブリッジウォーターからレンガを積んできた三本マストのスクーナー船ローズヴィーンのそばを通り……(14)

この意識の解放、この人格の非人格化——これがジョイスの『オデュッセイア』のイタケーとなりうるのだろうか。

正に無でしかない世界において、少なくとも「わたし」——ジェイムズ・ジョイス自身——はのちに残るだろうとひとは思うかもしれない。しかし、この本に登場する不幸せな影のあるすべての「わたし」のなかで、ただ一人の実在の「わたし」の現れに気づいたひとが誰かいるだろうか。たしかに『ユリシーズ』の一人ひとりの人物はどれも類いなくリアルである。

どの一人も他ならぬそのひとである。彼らはどの点から見ても彼らそのものである。しかしそのなかの誰一人として「わたし」、あの実際に意識のある全人間的中心、小さいながらも生にとってはとても大事な、温かい心臓の血に囲まれた島をもっているものはいない。デダラス、ブルーム、ハリー、リンチ、マリガンとかいうひとたちや他のひとたちはどこで始まりどこで終わるとも知れぬありふれた夢のように話し動き回る。それは「無人〔No One〕」――姿の見えないオデュッセウスなるもの――がその夢を見ているのだから。彼らの誰もそのことを知らないが、それでも皆、神の定めというだけの理由で生きている。それが生、「短夢の生[*26]」、だからジョイスの人物たちはとてもリアルなのだ。しかし、彼らをすべて包容するあの「わたし」はどこにも現れない。それが身を現すのはなに気なく、思わず、無心に、ふとした人間らしい仕種によるのである。これらの人物たちの創造主である「わたし」はどこにも見当たらない。それはまるで『ユリシーズ』の無数の人物たちのなかに溶解してしまったかのようである[(15)]。それでもなお、あるいはむしろまさにそのために、何もかもが、最終挿話の句読点の欠如までもがジョイスそのひとである。彼の解き放たれた観想の意識は一九〇四年六月十六日の出来事の時間を超越した同時性を一見して包含、これらの出現に対して言うにちがいない。「梵我一如[*27]」――「それも汝である」。しかしそれはより高次な意味の「汝」であり、「わたし」ではなく自己[*28]である。というのも自己だけは「わたし」と「非自我」、地獄、内臓、聖画と家神[*29]そして天を包含するのである。

『ユリシーズ』を読むと私は、頭から二五人の人物が生えているヨーガ行者を描いた、リチャード・ウィルヘルム[*30]が出版したあの中国画が目に浮かぶ(16)。この絵は、より完全でより客観的な自己の状態に入ろうとして、まさに自身の「わたし」を自分から取り除こうとしているヨーガ行者の精神状態を描いたものである。これは瞑想する月の円の姿、存在(サット)・意識(チット)・至福(アーナンダ)[*31]の相、存在と非存在の縮図、東洋風の救いの最終目標で、何世紀も探求賞揚されてきたインドと中国の極上の知恵の宝石である。

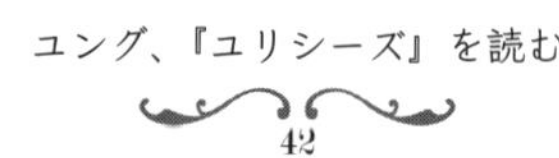

「軽いしわくちゃのビラ」は東方へ漂っていく。このしわくちゃのビラは三回『ユリシーズ』に登場し、神秘的なことに毎度エリヤとつながっている。私たちは二度読む、「エリヤ来らん」。彼は現に売春宿の場面で登場し（ミドルトン・マリー[*32]の『ファウスト』のワルプルギスの夜との比較は適切だ）、そこでアメリカのスラングを使ってビラの秘密を説明する。

少年たちよ、今するのだ。神の時間は十二時二五分。お母さんにそこにいるよと告げなさい。急いで注文すればうまくやれる。今ここで参加しなさい！　永遠の乗換駅まで直行列車を予約せよ。ついでにただひとことだけ。おまえは神かそれとも忌まわしい馬鹿か。もし再臨がコニーアイランドに訪れたら、私たちは準備ができているのだろうか。フロリー・キリスト……リンチ・キリスト、あの宇宙の力を感じられるかは君次第だ[17]。私たちは宇宙に怖気づいているのか。否。正統な見方をせよ。プリズムとなれ。おまえは内に、あの何か、より高き自己をもっている。イエス、ゴータマ、インガソール[*33]と肩を並べることもできる。おまえたちは皆この振動のなかにいるのか。そうだと言おう。集いし者たちよ、いったんそれをつかめば、牡鹿に乗って天国まで向かうことは時代遅れとなる。わかったかな。きっとそれは生を輝かせるものだ。かつては最も熱いものだった。ジャム入りパイまるごと。最高にセクシーで粋なラインアウト。すごいぜいたく。元気が出る。(18)

ここで起こったことが目に見える。それは『ユリシーズ』の基礎作業で、最高度の芸術的達成であり、それは人間の意識を超脱し、その結果「神の」意識に近づき、伝統的な方式の言葉に隠れてそのことを考えるやいなや、売春宿という酔っぱらい精神病院で地獄のねじれを受けることになる。しばしば道に迷う受難者ユリシーズは、苦労しながら彼の島を目指し、全十八章の大混乱のなかを踏み進み、再びわれに還り、ついに愚者の幻想の世界から解放され、「離れて眺める」とは無縁になる。そうして彼はイエスやブッダが成就したことをまさに成就する――それはファウストも死に物狂いで達成したこと——愚者の世界の克服——正反対のものからの解放である。そしてより高次の女性原理がファウストを変身させるように、『ユリシーズ』では句読点のないモノローグで最後の言葉を発するのはブルーム夫人（スチュアート・ギルバート[34]がブルーム夫人を花咲く（ブルーミング）大地に譬えたのは正しい）である。恐ろしいかん高い声の不協和音を優雅なフィナーレの和音で閉じる恩寵は彼女に与えられる。

ユリシーズはジョイスにとっての創造神、物質的・精神的世界におけるもつれから自らを解放し、解放された意識でそれらの世界を熟考することに成功した真の創造神（デミウルゴス）[35]である。人間ジョイスに対するユリシーズは、ゲーテに対するファウスト、あるいはニーチェに対するツァラトゥストラである。ユリシーズは俗世界のでたらめなもつれの時期を過ごしたあと聖なる家に戻ってくるより高位の自己である。この本全体においてユリシーズは登場しない。この本そのものがユリシーズ、ジョイスによって抱かれた小宇宙であり、「自己」の世界と世界の「自己」がひとつになっている。ユリシーズは全世界、物の世界だけでなく心の世界にも背を向けたときに初めて家に帰れるのである。これがきっと『ユリシーズ』に含まれた世界の風景の底にあるもの、すなわちあの一九〇四年六月十六日、エブリマンの毎日、その日、つまらない、ただ働くだけの人間たちが、始めも終わりもなく話し、手を動かしつづけている。その風景はぼんやりとして、夢のような、地獄、皮肉な、陰の、醜い、悪魔のような、だが真実。ひとに悪夢を与え、宇宙の灰の水曜日[*36]にふさわしい気分に放り込む――あるいは一九一四年八月一日[*37]に世界の創造主が感じたにちがいないことを教える世界の風景である。天地創造の七日目の楽観主義のあと、一九一四年の創造神はもはや自身と自身の作品を同一視することは困難と気づいたにちがいない。『ユリシーズ』は一九一四年から一九二一年のあいだに書かれた――かくべつ明るい世界の風景を描いたり、誰にでもそれを喜んで受け取ってもらえたりするような状況ではない！（それ以来このような状況になったことはない）。それゆえこの芸術家の内なる世界創造主が自らの世界の陰湿な風景を描いたのも不思議ではない。事実、ひどく冒瀆的で否定的なので、アングロサクソンの国々では『創世記』の創造の話との矛盾を避けるために『ユリシーズ』を検閲によって発禁にしなければならなかった[19]。そういうわけで正当に認められていない創造神が故郷を探すオデュッセウスとなったのである。

『ユリシーズ』にはほとんど感情が見出せないので、唯美主義者たち皆にとってはとても喜ばしいにちがいない。しかし『ユリシーズ』の意識が月ではなく、判断力と理解力、そして感じる心をもつ「わたし」であるとしよう。すると十八章を経る長い道のりは一時の不満だけではなく、それこそカルヴァリ[*38]への道となるだろう。そしてこの放浪者は大層な苦悩と愚行に打ちひしがれ、日暮れて衰弱し、絶望的に生の始まりと終わりを意味する偉大なる母の腕のなかに沈み込むだろう。『ユリシーズ』の皮肉の下には大いなる哀れみが秘められている。善くもなく美しくもない世界、さらに悪いことには希望もなく、永遠に繰り返されるエブリマンの毎日を流れていき、何時間も何カ月も何年も馬鹿げたダンスに人間の意識を引きずっていく世界に私たちは苦しんでいる。ユリシーズはあえて物から意識を分離させる一歩を踏み出した。執着、関わり、幻惑から自由となり、やっと家路へ向かうことができる。彼は個人的な意見の主観的な表現以上のものを伝えてくれる。創造的な才能は決してひとつではなく多数あって、それゆえ彼は、魂は沈黙したままで多くのひとに語りかけ、そのひとたちの意義と運命を芸術家自身のものと同等に明らかにしているからである。

ジョイス風の作品で否定的なものはすべて、冷血、奇怪、陳腐、グロテスク、そして悪魔的なもののすべては、称賛に値する肯定的な価値であると今では思える。さなだむし風に這っていく文節で明らかになるジョイスの信じられないほど豊かで多面的な言語は、ひどく退屈で単調きわまるが、この退屈と単調こそ叙事詩の壮大さを獲得しており、この本をつまらない人間世界の不充分さとその狂気じみた悪魔的な伏流を描いた『マハーバーラタ』[39]たらしめているのである。「排水溝、裂け目、汚水槽、糞の山から、辺り一面よどんだ臭気が立ち上る」。そしてこの泥穴には宗教思想の最高のものがほぼすべて冒涜的に歪曲され、まさに夢のように映し出されている（アルフレート・クビーンの『裏面』[20]*40は首都が舞台の『ユリシーズ』の地方版である）。

これをも私が進んで受け入れるのは、そのとおりだからである。事実、究極的な真実のポルノ的倒錯は、テルトゥリアヌス*41の主張「魂（アニマ）は本来キリスト教的である」を証明しているのだ。ユリシーズ自身は手堅い反キリストと見えて、それによってかえって彼のカトリック・キリスト教信仰がいまだ揺るぎないことを証明している。彼はキリスト教徒であるだけでなく、――さらに高位の有名な称号――仏教徒、シバ教徒、そしてグノーシス主義者でもある――

（波の声で）……白きヨーガ行者の神々、ヘルメス・トリスメギストスの深遠なるピマンデル。（口笛のごとき海風の声で）プナルジャナム・パツィパンジャブ！　足を引っ張られたくない。語られてきたこと、左に気をつけよ、シャクティ崇拝。（あらし鳥の叫び声で）シャクティ・シバ！　闇に隠されし父よ！……オーム！　バウム！　ピジョム！　われは農場（ホームステッド）の光なり、われは夢見の地、酪農場のバター[21][*42]なり。

　感動的で意味深いだろう。糞の山にあっても最古で至高の霊の宝は失われていない。心（プシュケー）は神の霊[*43]を内包している。悪臭放つ汚物の世界へ後者が生命を吐き出す割れ目はない。すべての異端の脇道の父祖である古代のヘルメスは正しい。「上なる如く、下また然り」。鳥の頭をした飛行家スティーヴン・デダラスが、ひどいガス状の空気層から逃れようとして地上の泥沼に落ち、その深底で彼がそこから逃れた高台に再び対峙し、「それでぼくは大地の最果てまで逃れるべきなのか……」。この引用の結びは『ユリシーズ』の冒涜性を最大限に証明するものである。さらに挙げれば、あの出しゃばりの男ブルーム、変態でインポテントの好色家が、下劣な汚物のなかで今までしたことのない経験をすることだ。彼の神人への変容。吉報。永遠のきざしが神々しい天空から消えると、トリュフ狩りをしていた豚がまたも地面に獲物を見つける。それは最高のものだけでなく最低のものにも刻印されて取り除かれることも壊されることもないからである。ただ神を呪った生温い「あいだ」には決して見つからない。

ユリシーズは完全に客観的で完全に誠実であり、それゆえ頼りがいがある。ひとは精神と世界の力と無を実演して見せる彼の証言を信頼することができる。ユリシーズ一人が意味であり、生であり、現実であり、彼のなかで精神と世界、「わたし」と「非自我」の本物の走馬灯が完結し囲まれている。そこで私はジョイス氏に質問をしてみたい。〝あなたはご自分が代表であり、思想であり、ひょっとするとユリシーズの複合体であるとお気づきでしょうか。彼は百の眼をもつアルゴス[*44]のようにあなたのそばに立ち、あなたのために世界をその反世界をつけて考案し、それによってあなたは物体を手元に置けるようにし、それがなければあなたは自分の「わたし」すら全く意識できないのではないですか〟。尊敬すべき作者がこの質問にどう答えるかはわからない。何しろ私には関わりないことだし、私は自分の形而上学にふけることが嫌いなわけではない。一九〇四年六月十六日のダブリンの小宇宙が、世界史の混沌とした大宇宙からいかに手際よく取り出されたか、それを細部にいたるまで趣味良くも趣味悪くもすべてスライドに乗せ、超然とした傍観者の視点から正確そのもので叙述されているのを見ると、私たちは『ユリシーズ』のお陰で形而上学にふけてみようという気になってくる。ここに街があり、ここに家並みがあって、若い夫婦が散歩に出かける。本物のブルーム氏は広告業で忙しい。本物のスティーヴンは格言体の哲学で頭がいっぱいだ。ジョイス氏自身がどこかダブリンの街角で視野に入ってくることだって大いにありそうだ。もちろん。彼はきっとブルーム氏と同じく本物らしく、それでやはり上手に取り出され、調(ととの)えられ、描写されるだろう(たとえば、『若き日の芸術家の肖像』のように)。

では、ユリシーズは誰なのか。確かに彼は、『ユリシーズ』全体に登場

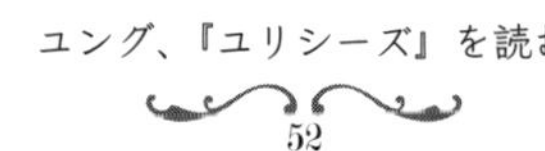

する個々人のすべて、ブルーム氏、ブルーム夫人、ジョイス氏を含めたその他の人びととの全体性を作り上げるものの象徴である。考えてもみよう。無数のばらばらの相反する個々人からなる目立たない群衆だけでなく、家々、街並、教会、リフィー川、数軒の娼家、そして海へ流れゆくしわくちゃの一枚のビラからなり——それでいて知覚し複製する意識をもつひとつの存在を！　このような思いもよらぬものに刺激されて考えをめぐらすのである。とりわけひとはどうにも何も証明できず、結果として推量にふけるしかないから。実のところ私は思うのだが、ユリシーズはもっと理解力のある自己で、標本のスライドに乗せられた客体と関連する主体、まるで彼はブルーム氏か印刷屋かしわくちゃのビラであるかのように振る舞うが、実は彼の客体の「隠れた影の父親」なのではないか。「私は生贄にする者であるとともに生贄にされた者でもある」。地獄の言語で言えば、「われは農場の光なり、われは夢見の地、酪農場のバターなり」となる。彼が世界と向き合い愛おしく抱擁すると、庭中の花が咲く。しかし彼が世界に背を向けると、空っぽの平凡なエブリマンががらがらと転

がっていく――「労して働き、渦巻いてすべて永遠に回転するだろう。*45」

初め創造神(デミウルゴス)は自惚れたっぷり世界を創り、それは彼には完璧であると思えた。しかし見上げると、彼が自ら創ったものではない光を見た。そこで、彼はただちに背を向けて我が家のある元へ戻った。すると、彼の男性的な創造力は女性的な意欲に変じ、彼は告白せざるをえなかった。

完璧さの不足は　――ここで完成される
言い表せぬものは　――ここでなされる
つねに女性的なものは　――なおもわれらを励ます

はるか下方の地上のガラスのスライドの下、アイルランド、ダブリン、エクルズ通り七番地、一九〇四年六月十七日午前二時ごろ、ベッドでうとうとしながらブルーム夫人の声がゆったり喋る。

ああそれから海真っ赤な海火のようだったりすばらしい日没とアルマダの庭のイチジクの木イエスそれからおかしな細い通りとピンクと青と黄色い家並みとバラ園とジャスミンとゼラニウムとサボテンとジブラルタルわたしは女の子山の花イエス髪にバラを差してアンダルシアの少女みたいにそれとも赤にしようかしらイエスそれからムーア風の壁の下で彼がわたしにキスしたっけそれからもう一人のひとと同(お)んなじくらい彼のことを思ったそれからわたしは目でもういちど言ってとお願いしたイエスそれから彼はいいですかと訊いてイエスと言うためにわたしの山の花それから彼に両腕を回してイエスそれから彼を引き寄せてわたしの胸を感じさせて香りいっぱいイエスそれから彼の心臓がどきどき鳴ってそれからイエスわたしはいったイエスいいわイエス[22]。

ああ『ユリシーズ』よ、そなたは真に客体を信じ、客体に呪われた白い肌の人間のための信仰修養の書である。そなたは修練、禁欲の修行、苦痛の儀式、魔術の手順である。十八の錬金蒸留器を順に並べ、酸、有毒蒸気、冷却と熱を使って、新しい世界意識の小人を蒸留して造るのである！

そなたは何も語らず何も裏切らぬ、ああ『ユリシーズ』よ、しかしそなたは効力を発揮する！　ペネロペイアはもはや織り上げることのない衣服を織る必要はない。今や彼女は地上の庭園でくつろいでいる。彼の放浪は終わり、夫は家にいるのだから。ひとつの世界が過ぎて、また新しくなった。

結びの言葉。私の『ユリシーズ』の読みは今はかなり良くなっている。

原註

（『ユリシーズ』（*Ulysses*）についての原註は初版によるもの、『フィネガンズ・ウェイク』（*Finnegans Wake*）についての原註は雑誌連載時のものである。読者への便宜のため、『ユリシーズ』の場合は一九八六年 Bodley Head 版の挿話と行を、『フィネガンズ・ウェイク』の場合は Penguin Books 版のページと行を［　］で記しておく――訳者）

この論文は一九三四年チューリッヒのラッシャー社刊心理学論集第四巻『こころの構造』（*Wirklichkeit der Seele*）において「ユリシーズ」（*Ulysses*）の題で発表された。

（1）James Joyce. *Ulysses*. Paris: Shakespeare and Company, 1922.

（2）ジョイス自身がこのことを述べている。「私たちは原子や不確実性のなかからやってきて、触れ、進むかもしれないが、きっと目的もなく半端なものとなるように運命づけられている。」*Work in Progress*, *transition*. Paris: Shakespeare and Co., 1927.［*FW* 455.16-18］

（3）クルティウスは『ユリシーズ』を「ルシファーの本」、「反キリストの作品」と呼んでいる。E. R. Curtis. *James Joyce und sein* Ulysses. Zurich:1929.

（4）「形而上の虚無主義がジョイス作品の根底にある。」クルティウス、前掲書、p.60。

（5）私にとって睡眠薬のように作用した魔法の言葉は一三四ページの末尾と一三五ページの冒頭にある。次のように書いてある。「角を生やして恐ろしく、神が人間の姿をした、凍りついた音楽となったあの石像、知恵と予言のあの永遠の象徴は、魂が変形させられたり魂を変形させたりする大理石に彫刻家の想像力や手腕が発揮されて、生きるに値するならば、生きるに値するのだ。」[*U* 7.768-771] この時点で私は眠気でぼやけていて、ページをめくると次の文章が目に留まった。「戦闘中もしなやかな男、石の角を生やし、石のあごひげを生やし、石の心をもっている。」[*U* 7.853-854] その言及は、エジプトの力によって阻まれることのなかったモーゼに関するものである。これらの文には私の意識が排除していた鎮静作用がある。というのも私がまだ気づいてなかったが、意識が妨害するだけであった一連の思考をかき乱したからであった。のちに気づいたように、作者の視点とその作品の最終目的の手がかりを初めて得たのはこの時点であった。

（6）このことは「進行中の作品」において極限まで進められている。カローラ・

ギディオン・ヴェルカーはこのことを的確に考察している。「つねに繰り返す考えは、つねに変化し、つねに変化可能な覆いに包まれ、完全に非現実の領域で反映されている。ひとつの全時間であり、ひとつの全空間である。」*Neue Schweiz Rundschau*, 1929, p.666.

（7）ピエール・ジャネの心理学においてこの現象は心的水準の低下と呼ばれている。精神を患った人びとにおいては不随意のものであり、ジョイスにおいてはじっくりと考え抜かれた芸術のテクニックであり、それにより現実の機能すなわち適応した意識を除外することで、夢思考の恵みや不可解な深淵が表面レベルに到達し、知覚可能となる。したがって精神や音声の自動作用が優勢となり、伝達性と理にかなった意味づけを完全に無視することとなる。

（8）他の要因に加えて、内的器官のひとつか感覚器官のひとつが、それぞれの挿話の支配的な要素として役立っているという推測をしたスチュアート・ギルバートは正しいと思う。彼は、肝臓、生殖器、心臓、肺、食道、脳、血液、耳、筋肉、目、鼻、子宮、神経、骨、肉を列挙している。このような支配的要素はライトモチーフとして役立っている。私は一九三〇年に内臓思考について前述の考察をした。それゆえ私にとってこのギルバートの所説は、心的水準の低下とともに「代表する器官」が認知の入り口で顔を出すという心理学的事実の確証として価値のあるものである。Stuart Gilbert. *Das Rätsel Ulysses.* Zurich, 1932.

（9）「ジョイスは論理的、倫理的にフィルターをかけることなく、意識の流れを再現している。」クルティウス、前掲書、p.30。

（10）「作者は読者の理解を促すようなあらゆることを避けている。」クルティウス、前掲書、p.8。

（11）一九二九年の時点（編集による註）。

（12）「……いわば神の視点で宇宙を見ること。」スチュアート・ギルバート、前掲書、p.406。

（13）スチュアート・ギルバートも同様にこの超然に注目している。前掲書、十一ページ「穏やかな超然が作者の態度を決定している。」（私はその「穏やかな」の後にクエスチョンマークを置かざるをえない）。十二ページ「精神的であれ物質的であれ、高尚なものであれ滑稽なものであれ、すべての事実はその芸術家にとって同じ価値をもっている。……この超然は、その創造物に対する自然の無関心同様絶対的なものなので、おそらく『ユリシーズ』の「リアリズム」の原因のひとつである」。

（14）*Ulysses*, p.239.［*U* 10. 1096-1099］

(15) ジョイス自身が述べるように、「創造神のように、芸術家は作品の裏側、上向こう側あるいは上空にいる。彼は姿が見えず、自身の生はなく、無関心で、自分の指の爪を磨いている。」*A Portrait of the Artist as a Young Man*, New York: Huebsch, 1916。

(16) Wilhelm and Jung. *The Secret of the Golden Flower*. Translated by C. F. Baynes. New York: Harcourt Brace & Co., 1931.

(17) フロリーは三人の娼婦の一人。リンチはスティーヴンの仲間。

(18) *Ulysses*, p.477.［*U* 15.2191-2203］

(19) その検閲は、アメリカでは一九三四年に撤回された（編集による註）。

(20) Alfred Kubin. *Die andere Seite; phantastischer Roman*. Munich: G. Müller, 1923.

(21) *Ulysses*, p.480.［*U* 15. 2268-2276］

(22) *Ulysses*, p.732.［*U* 18. 1598-1609］

訳註

＊1　ヨハン・アウグスト・ストリンドベリ（Johan August Strindberg, 1849-1912）は、スウェーデンの劇作家、小説家。自然主義の作家であったが、晩年には象徴性の強い心理劇を上演した。代表作は『夢芝居』（*Drömspelet*, 1902）、『幽霊ソナタ』（*Spöksonaten*, 1907）など。

＊2　ペリシテ人は、紀元前十三世紀末から紀元前十二世紀にかけて東地中海で活躍した海洋民族であるが、現在では凡俗なひと、教養のないひとの代名詞として使われている。

＊3　原文では、"semita sancta ubi stulti non errent"。

＊4　原文では、"lizard"。「心臓」を表す語でもある。

＊5　ユングは幼少期、地下の長方形の部屋に黄金の玉座があり、男根が地下の神として君臨している夢を見る。それは無意識に存在するデーモンであり、石の地下世界とは無意識の世界を指している。

＊6　スコットランド西方の諸島。

＊7　エルンスト・ローベルト・クルティウス（Ernst Robert Curtius, 1886-1956）は、ドイツの文学研究者。『ヨーロッパ文学とラテン中世』（*Europäische Literatur und lateinisches Mittelalter*, 1948）が代表作である。

＊8 ユングは無意識を個人的無意識と集合的無意識とに区別する。個人的無意識が、受け入れがたい心理的要因によって抑圧された個人的なものであるのに対して、超個人的な遺伝イメージや元型を含んだ深層に存在する無意識を集合的無意識とした。

＊9 メフィストフェレスは、ドイツのファウスト伝説に登場する悪魔であり、魂をもらう代わりにファウストの望みをかなえる。

＊10 アメンホテップ四世（Amenhotep IV, ?-1357? B.C.）は、エジプトのファラオであり、別名アクエンアテン（Akhenaton）。それまでの多神教から太陽神アテンのみを信仰する一神教へと改革を行なった。後世の人びとからは異端者扱いされ、王の痕跡は悉く破壊された。

＊11 ジョヴァンニ・バッティスタ・ティエポロ（Giovanni Battista Tiepolo, 1696-1770）はイタリアの画家。フレスコ画を得意とし、宮殿などに描かれた天井画が有名である。

＊12 ディオニュソスはギリシャ神話に登場する豊穣と酒の神。ニーチェは『悲劇の誕生』において陶酔的、創造的、激情的な特徴をもつものを「ディオニュソス的」と表現した。

＊13　ヨハン・クリスティアン・フリードリヒ・ヘルダーリン（Johann Christian Friedrich Hölderlin, 1770-1843）はドイツの詩人。ニーチェ、ハイデガーらに影響を与えた。

＊14　ヘロストラトスとは紀元前四世紀のギリシャの羊飼いで、有名になりたいという願望からアルテミス神殿に放火した。

＊15　オルクスは古代ローマの冥界の神であり、ギリシャ神話のハデスと同一視されている。

＊16　エリンとは、アイルランドの古名・雅名である。

＊17　原文では"maelstrom"。ノルウェー北西岸沖のモスケンの大渦巻。

＊18　ニーチェは「神は死んだ」、「ニヒリズムの到来」をとおして同時代の文化・社会の生の質を問題にした。

＊19　ユングは「象徴」を、記号、寓意と区別し、「他のあるいはより良い方法で特徴づけることができないものの表現」であり、「本質的な無意識の要因を表す」ものと捉えている（Jung, *Collected Works*, 6, 473-481）。

＊20　ユングはあるとき、すべての男性が永遠の女性のイメージを内部にもっていることを知り、その元型をアニマと名づけた。アニマは女性像をとおして無意識界の情報を送り込んでくる無意識の仲介者である。反対に女性のなかに

内在する男性のイメージをアニムスという。

＊21 エジプトの神話において、太陽と月は天空神ホルスの右眼と左眼であるとされた。月の眼であるこの左眼は戦いで失われたあと、エジプト全土をめぐり戻ったため、「すべてを見通す知恵」、「修復」、「再生」の象徴とされた。

＊22 "A time, times and half a time." *Ulysses*. 15.2144.

＊23 スキュラとカリブディスは、ギリシャ神話および『オデュッセイア』に登場する海の魔物で、彼女らが住むメッシーナ海峡は難所とされていた。

＊24 ギリシャ神話に登場する巨大な岩と岩が激突して海路をふさぐ難所である。

＊25 ジョン・コンミー（John Conmee, 1847-1910）神父は、アイルランドの教育者。ジョイスの『若き日の芸術家の肖像』では主人公の通う学校の校長として登場する。『ユリシーズ』第十挿話は、モンタージュの形式でダブリンの街中の様々な人びとの姿が描写されるが、神父と総督がそれぞれ最初と最後の断章に登場し、アイルランドの宗教的、政治的支配を象徴している。

＊26 原文では "vita somnium breve"。古代ローマの言い習わし。

＊27 原文では "Tat twam asi"。宇宙を支配する原理である「梵」と個人を支配する原理である「我（が）」は同じものであるとするもの。ヴェーダの究極の悟りであるとされている。

＊28　ユングにおいて「自己」とは、意識と無意識の両者を含む人格の全体性を表す言葉であり、マンダラなどで示唆される。

＊29　原文では"imagines et lares"。imagine は聖像、lare はラルス、家（都市、街路）の神。

＊30　リチャード・ヴィルヘルム（Richard Wilhelm, 1873-1930）は、ドイツ人の中国学者、神学者、宣教師。ユングと共著で『黄金の華の秘密』（*Das Geheimnis der goldenen Blüte*, 1929）を出版したことで知られている。

＊31　サット・チット・アンダーナ（sat-chit-ananda）とは、ヒンドゥー教で人間の本質を表す言葉で、それぞれ存在・意識・至福を意味する。

＊32　ジョン・ミドルトン・マリー（John Middleton Murry, 1889-1957）は、英国の文芸評論家。ロマン派の詩人たちやD・H・ロレンスを擁護、『キーツとシェイクスピア』（*Keats and Shakespeare*, 1925）などの著書がある。

＊33　ロバート・インガソール（Robert Ingersoll, 1833-1899）はアメリカの政治家、法律家、弁士、福音不可知論者。彼のメッセージは人道的かつ科学的（ダーウィニズム）理性主義である。（Don Gifford and Robert J. Seidman. *Ulysses Annotated*. 2nd edition, U of California P, 1988, 490.）

＊34　スチュアート・ギルバート（Stuart Gilbert, 1883-1969）は、イギリスの文学研

究者、翻訳家である。初期のジョイス研究の第一人者であり、『ジェイムズ・ジョイスの「ユリシーズ」――ひとつの研究』(*James Joyce's Ulysses: A Study*, 1930)がある。

＊35 デミウルゴスとは、プラトン哲学において最高神と区別し、物質的世界を創造したとされる神である。

＊36 「灰の水曜日」とは、四旬節の初日で、カトリック教会では懺悔の象徴として頭に灰をかける風習があることからこう呼ばれている。

＊37 一九一四年八月一日、ドイツはロシアに対して宣戦布告し、主要国が相まみえる第一次世界大戦の本格的な開始となった。

＊38 カルヴァリとは、エルサレム郊外にあるキリストが十字架にかけられた丘。ゴルゴタともいう。

＊39 『マハーバーラタ』とはサンスクリット語で書かれた古代インドの叙事詩。十八編十万頌から構成された世界最大のものであり、インド思想の宗教哲学的聖典である。

＊40 アルフレート・クビーン(Alfred Kubin, 1877-1959)はオーストリアの画家、小説家。ゴヤ、ビアズリーなどの影響を受けて、幻想的な絵画を描いた。ポーやカフカなどの作品の挿絵でも有名。『裏面――ある幻想的な物語』(*Die andere Seite: Ein phantastischer Roman*, 1908）は、中央アジアの辺境に招かれた画家の奇妙な体験とグロテスクな終末の地獄絵図を描いた長編小説。

＊41 クイントゥス・セプティミウス・フロレンス・テルトゥリアヌス（Quintus Septimius Florens Tertullianus, 155?-220?）はキリスト教神学者、法律家。神学用語や哲学用語をラテン語で創出したことで有名である。引用 anima naturaliter Christiana は『護教書』（*Apologeticum*, 197?）にある言葉である。

＊42 ヘルメス・トリスメギストス（Hermes Trismegistus）は、「三倍も偉大なるヘルメス」の意味で、占星術、錬金術、魔術、哲学、神学に関するヘルメス文書を著した。ピマンデルもその一冊。プナルジャナムは生誕や創造力の顕示を意味する神智学の言葉。シャクティ、シバはヒンドゥ教でそれぞれ女性の生殖力、破壊神を表す。「われは農場の光なり」は、ヒンドゥ教の祈りと「私は世界の光である」というイエスの言葉に掛けたものである。（Gifford, 492）

＊43 原文では“spiritus divinus”。ラテン語で「神の霊」、「聖霊」。

＊44 アルゴスはギリシャ神話に登場する百の目をもつ巨人。

＊45 原文では“labitur et labetur in omne volubilis aevum”。ホラティウス『書簡集』一巻二歌四三行にある言葉。（Horace. *Horace: Satires and Epistles*. U of Oklahoma P, 1968. 33.）

“ブルームの家”に近い通り　ダブリン　1983年撮影
（©Kojin Kondo）

オコンネル橋　ダブリン　1973年撮影
(©Kojin Kondo)

訳者解説

ノーラが働いていた旧フィンズホテルの建物　ダブリン　1973年撮影
(©Kojin Kondo)

ジョイスとユング

小田井 勝彦

第一章　シンクロするJとJ

スイスの小さな村ケスヴィルで改革派牧師の息子として生まれ、のちに分析心理学を創始するカール・グスタフ・ユング（Carl Gustav Jung, 1875-1961）と、アイルランドの首都ダブリン郊外の町ラスガーでカトリックの家庭に公務員の息子として生まれ、二十世紀のモダニズムを代表するジェイムズ・ジョイス（James Joyce, 1882-1941）。この生まれ育った環境が全く違う二人の人物は奇妙なシンクロニティを示し、やがてめぐり逢うこととなる。ユング心理学に基づいてジョイス作品を論じたキンボールの著書『心理のオデュッセイア』(*Odyssey of the Psyche*, 1997)は、その第二章をユングとジョイスの伝記における二人のシンクロニシティにあてている。そこで述べられたシンクロニシティを考察すると、二人が出会うべくして出会ったことがご理解いただけるかもしれない。本章ではキンボールの論を主軸としながら、他の伝記資料、著書、作品を再検証することで、邂逅までにいたる彼らの半生を検証していくこととする。

人格形成期

キンボールは、二人の共通点としてまず彼らの家庭環境を挙げ、どちらも「貧困に陥った中産階級」の出身であることを指摘している(Kimball, 23)。ユングと同名の祖父(Karl Gustav Jung, 1794-1864)はバーゼル大学の文献学の教授であり、市長の娘と結婚したことで上流社会の仲間入りを果たすこととなったが、遺産相続の見込みは外れて再び貧困に陥ってしまった。そのため、息子であるユングの父(Paul Jung, 1842-1896)も文献学で博士の学位を取得したものの、教授資格を得るためのお金がなく、やむなく牧師へと進路変更を余儀なくされた(Wehr, 18-19)。孫のユングはバーゼルのギムナジウムに通い始めたとき、穴の開いた靴下を履きつづけなければならず、裕福な家庭で育った同級生たちとの境遇の違いを思い知らされることとなった(Kimball, 23)。

同様にジョイスの家庭も浮き沈みをしている。父親のジョン・ジョイス（John Joyce, 1849-1931）は、遺産で受け継いだコークの土地を所有し、政治活動で貢献したことにより地方税徴収事務所の職を得たことで結婚することができた。しかしながら、次々と十人の子どもを作り、その後一八九二年に失職、財産も失った（Ellmann, 16-22, 34）。『若き日の芸術家の肖像』（以下『肖像』とする。*A Portrait of the Artist as a Young Man*, 1916, 以下 *P.*）は、ジョイス自身の幼少期から青年期までの出来事を脚色して作り上げられた自伝的小説であるが、相次ぐ引っ越しとともに落ちぶれていく家庭の姿が反映されている。

そのような家庭で育ったユングとジョイスが直視しなければならなかったのは、落伍者としての父親の姿であった。ユングは自伝で父親のことを次のように振り返る。

田舎の教区牧師として彼はある種の感傷的な理想主義と輝かしき学生時代の追憶にふけり、長い学者パイプをふかしながら、自らの結婚がかつて想像していたものでは全くなかったということに気がついた。彼はたくさん良いことをしてきた——あまりにもたくさん——そして結果としてたいていいらいらしていた。（Jung, *Memories, Dreams, Reflections*, 以下 *M*, 91）

自伝を辿っていくと、幼いころからユングは信仰に疑念をもっている。決定的な体験は十五歳のときの聖餐式であり、ユングは何かの変化を期待して聖体拝領を受けたにもかかわらず、神を体験することはできず、ただの儀式にすぎないという認識にいたる。「なんということだ、全く宗教ではない。神は不在だ。教会は私が行くべき場所ではない。そこにあるのは生ではなく、死だ」と感じたと当時の思いをつづっている（Jung, *M*, 55）。

その後、牧師である父と信仰などについて激しく口論を重ねるが、父にどんな質問をしても神学的な一辺倒の答えばかりで、ユングが求めている答えを得ることはできなかった。やがてユングは、父が先ほどの引用のように打ちひしがれていらだっている原因を突き止めることとなる。父はやむなく牧師の道を選んだのであり、ユングと同じように神の体験をすることもなく、宗教上の疑念に苦しんでいることに気がつくのである。ユングは父親を苦しめている神学とそれを礎にしている教会に対して怒りを感じる（Jung, *M*, 92-93）。

大学生となったユングが求めている答えを与えてくれたのは、フリードリヒ・ニーチェ（Friedrich Nietzsche, 1844-1900）である。奇しくも一八九五年にユングが入学したバーゼル大学では、一八七九年までニーチェが文献学の教授を務めていた。ヴェーアは、ユングが特に感銘を受けたのは『ツァラトゥストラはかく語りき』（*Also sprach Zarathustra*, 1883-85）と『非時代的考察』（*Unzeitgemässe Betrachtungen*, 1876）であったとしている（Wehr, 55-56）。これらは、のちにユングの心理学や宗教観に大きな影響を与えるが、父親と離れることによって得られたものかもしれない。ちなみに十年以上遅れて大学生となったジョイスが読みふけったのもニーチェであり、手紙に気取って「超人ジョイス」（Joyce Overman）と署名したこともあったとされている（Ellmann, 162）。ジョイス作品やその思想に少なからぬ影響を与えていることはいうまでもない。

話を父親に戻すと、ジョイスの父親は「一点の曇りもない見事なまでの落伍者」（Kimball, 23）である。残念ながらジョイスの伝記資料にあたっても、ユングのように激しく口論したりする様子などはなく、二人の関係性はあまり知ることができない。しかしながら、彼の面影は、『肖像』や『ユリシーズ』（*Ulysses*, 1922, 以下 *U.*）で描かれるサイモン・デダラスの描写によって窺い知ることができる。『肖像』の第五章で親友クランリーに父親の職業を尋ねられた主人公スティーヴンは次のように答える。

> 医学生、競技用ボートの漕ぎ手、テノール、アマチュア俳優、大声で叫ぶ警官、小地主、小投資家、酒飲み、いい奴、話し上手、誰かの秘書、蒸留所の何か、収税吏、破産者、そして現在は自らの過去の賛美者さ。（Joyce, *P*, 262）

『肖像』ではスティーヴンのことを「あばずれ」（bitch）と呼んでみたり（Joyce, *P*, 189）、『ユリシーズ』では娘の背筋の曲がった姿勢を真似して、娘から「とてもおかしなひとね」という一言を引き出したり（Joyce, *U*, 10.660-705）ユーモラスな一面も見せる。しかしながら、先ほどの職業リストが示すように、あらゆるキャリアにおいてうまくいかず、自らの過去にしがみつくだけの人物であった。大酒呑みで学生時代の思い出にしがみついている姿は、パイプをふかしいつもいらだっているユングの父親と重なるところがあるだろう。

『肖像』で描写された父親の一番印象的な場面は第二章のコーク旅行の場面である。この場面では借金がふくらんでいき、コークにあった土地を売却することになり、長男であったジョイスも同行した体験が土台となっている。何軒もはしごしながらひたすら青春時代の栄光を語る父親。親しかったひとたちは皆亡くなっている。「わしらはみんな紳士だったんだよ、スティーヴン」の言葉には、階級にしがみつきたいという意識の表れがある。そして亡くなった父親を思い出して父サイモンはすすり泣く。その泣き声を耳にしたスティーヴンの意識は遠のいていく（Joyce, *P*, 97-98）。

もちろん伝記的事実そのままではなく、脚色された場面である。ブリヴィックはこの場面をフロイト心理学に基づき、父親の無力さからスティーヴンは不安に襲われ、父親の死、父権の敗北により性的な否定を感じ、強迫神経症の状態に陥っているさまを辿っているのだと分析する（Brivic, 43-45）。次のセクションでは、作文でもらった賞金で家族を養う役割を担っており、まさに子ども時代の終わり、父親の死、家父長の交代を象徴する場面を意図して書かれていることは明らかである。ジョイス自身の少年期の終わりに実際にあったコーク旅行を題材にし、フロイト心理学を用いて心理的な父親の死を演出した。そこに作者ジョイスの落伍者である父に対する憐れみに満ちた父親観を見てとることができよう。

このような父親たちをもったことで、息子たちの愛着は母親に向けられる。二人に大きな影響を与えたのは父親よりも母親であった。まずユングであるが、先に述べた幼少期からの自身の宗教的疑念について、学生時代の記憶を次のようにつづる。

私は今までこれらの影響が母から生まれ出たものだという印象をもったことはなかった。というのも彼女は、キリスト教信仰に対する確信のおかげだとは思えなかったけれども、どうやら深く目に見えない地面に根ざしていたからだった。私にはどういうわけか、動物、木、山、牧草地、流れる水とつながりがあるように思え、それらすべては彼女の表面的なキリスト教徒としての外見と伝統的な信仰の主張とははっきり対照をなすものであった。この裏づけが私自身の態度ととても呼応するものであったので、私は不安を感じることはなかった。反対に、安心感と、依って立つことができるしっかりとした地面がここにあるという信念を私に与えたのであった。(Jung, M, 90)

これまでにも多く指摘されてきたことだが、厳格な父親からの影響が強かったフロイトはエディプス・コンプレックスを中心とした精神分析理論を発展させたが、母親からの影響が強かったユングは、男性の無意識のなかに存在するアニマを中心とした分析心理学を発展させたといえるだろう。前の引用からも「動物、木、山、牧草地、流れる水とつながり」、「安心感と、依って立つことができるしっかりとした地面」といった表現が見られ、生命を生み出す地母神の側面をもつアニマ像を見てとることができる。

同じようにジョイスも母親との愛着が強かったようだ。次の引用で伝記作家エルマンはジョイスのアイルランドとの結びつきを幼少期の記憶、母親との愛着に由来するものだと分析しているが、いかに母親との結びつきが強いかがわかる。

記憶のなかで過去との最も強い結びつきは、幼少期の光景とともにあった。この子ども時代はレトリック上では父親に支配されていたが、感情的には、生活面での世話を行ない、止まることのない寛大さと頑強さをもち、さらには絶え間なく妊娠している母親に支配されていた。少年のころ彼は学業の試験をしてくれるように頼みに行った。青年になると、一九〇二年と一九〇三年の手紙でわかるように、野望や考えに賛成してくれるように求め

た。彼の信頼は父親ではなく母親に寄せられた。（妹メイの記憶では）父親は秘密を打ち明けられる男ではなかったのだ。（Ellmann, 292-3）

ジョイスの母親は絶え間なく妊娠と出産を繰り返していた。避妊を是としない厳格なカトリック社会の弊害であり、ジョイスの作品にはその批判が見られる。しかしながら幼いジョイスには母親の姿がまさに豊穣の地母神のように映ったことであろう。そしてかなり強力なアニマであり、あらゆる事柄に対する依存と承認を求めなければならなかったのである。

『自我と無意識の関係』（Jung, *The Relations between the Ego and the Unconscious*, 1928, 2nd 1935）において、ユングは「アニマは無意識であるかぎり、必ず投影される。というのも無意識のあらゆるものは投影されるからだ」と述べる。つまり男性の場合はアニマが必ず存在する。そして、ほとんどの場合最初に「その魂のイメージを抱くものは母親」であるとしている。原始社会においては、強力なアニマから離れるための通過儀礼が行なわれた。しかし、そのような通過儀礼が存在しない現代社会においては、「アニマは母親イマーゴの形で妻に転移される。そしてその男性は結婚するとすぐ、子どもっぽく、感傷的、依存的、従属的、あるいは攻撃的、暴君的、極度に過敏でつねに優越的な男性性の痕跡について考える」とユングは分析する（Jung, *Collected Works*, 7, 197, 以下 *CW*）。

ジョイスの場合は前者であったようだ。先ほどのエルマンの伝記の引用のつづきである。

母親に対する態度はノーラ・バーナクル（Nora Barnacle, 1884-1951）に対する態度に明確に表れている。平静を失った一九〇九年のあの夏にノーラに送った手紙では、ジョイスは母の死によって壊れた息子としての絆を彼女との関係のなかで再構築したいと願っていた。明らかに彼は二人の関係が子と母のそれとなることを望んでいる。彼はさらに親密な依存を望んでいるのだ。「君の血と肉から生まれた子どものように君の子宮のなかに籠り、君の血によって栄養を与えられ、君の体の暖かい秘密の暗闇のなかで眠れたらいいのに！」

(Ellmann, 293)

一九〇九年の出来事については次の節で説明することになる。この引用はユングによる分析の「子どもっぽく、感傷的、依存的、従属的」という描写にぴったりあてはまるであろう。ジョイスの母親と結びついていたアニマは、のちに妻となったノーラに転移されていることを見て取ることができる。

ユングが述べているように、『ユリシーズ』においてスティーヴン・デダラスには「父親がいない」（本書十七頁）。もちろん実の父親であるサイモンがいるのであるが、精神的な父親を探している状態である。そして一日中、死んだ母親のことを何度も思い返す。最後の挿話はモリー・ブルームの独白で終わり、二人の主人公がモリーの子宮のなかに吸収されていくかのようである。母親との愛着が強いユングがアニマ理論を発展させたように、『ユリシーズ』もジョイスの強力なアニマが生み出した作品であるといえよう。

人生の危機

前節では人格形成期におけるユングとジョイスの共通点を探ってみた。その後ユングは精神科医となり、ジョイスはダブリンを離れて銀行員や英語教師をしながら創作活動を行なう。その二十世紀の初頭、二人はシンクロニシティを示して、人生の危機を迎えてそれを乗り越えた。キンボールは次のように述べる。

私たちは今これらのシンクロニシティで最も劇的であり、それぞれのライフワークにとって最も重要な地点に辿り着く。一九〇九年の同時期に、これらの男性それぞれは、当時自身にとって衝撃的な自らの側面、すなわちユングが個性化理論において影(シャドウ)として人格化した、そしてジョイスが『ユリシーズ』においてレオポルド・ブルームとして小説化した心理的現実を見出すこととなった。それぞれのケースにおいてこの発見の種は、チューリッヒでザビーナ・シュピールライン（Sabina Spielrein, 1885-1942）がユングの人生と交わることとなり、ダブリンでジョイスがノーラ・バーナクル（Nora Barnacle, 1884-1951）と出会った一九〇四年に播かれていたのだ。（Kimball, 24）

ユングとジョイスそれぞれが一九〇四年を発端として一九〇九年に人生の危機を迎え、その経験を活かして大成した。キンボールはこの引用のあと約十五頁にわたり詳細に検証してくれているが、二人の人生を辿るうえで欠かすことができないものであるため、再び他の伝記資料を重ね合わせつつ、事件の概要を示していきたい。

ユングの人生に大きな傷跡を残したザビーナは、重い神経症を患って一九〇四年ユングが勤めるブルクヘルツリの病院に入院する。彼女は裕福なロシア系ユダヤ人の娘であり、ギムナジウムを卒業している知的な女性である。ユングはフロイトに傾倒し始めていたころであり、ユングがフロイトの方法で治療した最初の患者であった。一九〇七年にはアムステルダムで行なわれた学会で、彼女の症例をもとにして発表もしている。ザビーナは一九〇四年末に治療は終了し、翌一九〇五年からは医学生となり、一九一一年には博士号を取得、才能あるユングの弟子であることを示している。しかしながら同年後半には、ウィーンへと移り、その地の精神分析学会に入会する。つまりフロイト派へ転向したのである。その後ザビーナは北コーカサス大学の講師として、フロイト派の心理学者として活躍することとなった（Kimball, 25-6 / Wehr, 141）。

ユングは一九〇三年にエンマ（Emma Jung, 1882-1955）と結婚したばかりだったのだが、翌年患者として出会った十一歳年下のザビーナの治療中に転移が起こり、恋愛関係に発展してしまうのである。肉体関係にまで発展していたのかどうかはわからないままである。一九〇九年に破局を迎えることとなったが、その後が大変だった。ザビーナはフロイトと文通を始め、これまでの出来事を伝え、フロイトとユング、ザビーナの三角関係が生まれるのである。フロイトからの問い合わせに対して、当初ユングはザビーナを裏切って否定、弁明を繰り返すが、やがて責任があることを認めるにいたる。このころはまだユングはフロイトの後継者と位置づけられていて、その関係を壊したくなかったのであろう。ザビーナを裏切り、嘘をついた。この経験からユングは自分にも「臆病で、残酷で、不名誉な性質」があることを知り、「自分のなかの異質な他者」の存在を感じる。そのことが影（シャドウ）の理論へと発展したのだとキンボールは推測する（Kimball, 27-32）。

このあとフロイトとユングは袂（たもと）を分かつこととなる。ヴェーアは、袂を分かったのは「女性をめぐる事件ではない」、ユングと「フロイトが潜在的な恋のライバルであったなどとはほとんど考えられない」と述べている（Wehr, 143-4）が、ザビーナの一件が二人の不和のきっかけとなった可能性はある。ユングを自らの後継者と位置づけ、絶大な信頼をフロイトはユングにおいており、ザビーナの一件は心理的に二人の距離を遠ざけてしまうことになってしまったのかもしれない。この後、『リビドーの変容と象徴』（*Transformations and Symbols of the Libido*）の第一部を一九一一年に、そして第二部を一九一二年に発表すると二人の方向性は全く異なるものとなる。翌一九一三年にはフロイトとユングの文通も終了するのである。

ユングと同じように、ジョイスも一九〇四年に一人の女性に出会う。のちの妻ノーラ・バーナクルである。彼女は西部ゴールウェイ出身で、ダブリン市内のフィンズ・ホテルでチェンバー・メイドをしていたのだが、六月十日ダブリンのナッソー通りでジョイスの目にとまることとなった。初めてデートをしたのが六月十六日、その日がのちに代表作『ユリシーズ』で描かれる日となった（Ellmann, 156）。「母親の死から十カ月、ジョイスはノーラのなかに、母親と同じように惜しみなく愛し、愛していることを知らせてくれる女性、彼と運命を共にしてくれる女性の姿を見出したのであった」とキンボールは述べる（Kimball, 34）。出会いからわずか四カ月後、二人は大陸へと駆け落ちをした。

それから五年経った一九〇九年夏、駆け落ちをしてから初めてジョイスが長男を連れてダブリンへ帰郷した際に、友人のヴィンセント・コズグレイブ（Vincent Cosgrave, ?-1927）が事件を起こした。八月六日にジョイスと対面した彼はノーラと出会ったころデートが一晩おきだったことをジョイスに思い出させ、実はジョイスとのデートのない晩はノーラはコズグレイブと会い、「暗闇のなか川の土手に沿って散歩していたのだ」と嘘をついたのである。ジョイスは不安に襲われた（Ellmann, 279）。

ジョイスはその日のうちにトリエステにいるノーラに手紙を送る。「きみは彼と一緒に立っていた。彼がきみに腕を回すと、顔をあげ彼にキスをした」とコズグレイブの嘘を信じている。そして「ぼくの目は涙、悲しみと屈辱の涙でいっぱいだ。ぼくの心は苦々しさと絶望でいっぱいだ」と書きつづる。立てつづけにその翌日も手紙を送るが、さらに疑念に襲われている様子がうかがえる。「ジョージーはぼくの息子なのか？　きみとチューリッヒで最初に寝た夜は十月十一日で、彼は七月二十七日に生まれた。九カ月と十六日だ。あの晩あまり血がながれなかったと記憶している」と書き、ノーラの貞節、そして息子がコズグレイブの子なのではないかと疑っているのである（Ellmann, 279-281 / Joyce, *Letters of James Joyce vol.II*, 231-3, 以下 *L II.*）。ノーラはしばらく返信することなく、放っておいた。

八月八日、友人のバーン（John Francis Byrne, 1879-1960）のもとを訪れる。のちのバーンの回想録にそのときの様子が描かれている。

私はずっとジョイスが感情的であることはわかっていたが、この日の午後より以前に、彼を身もだえさせる驚くべき状況に近いものを目にしたことはなかった。彼は泣き、うめき、全くどうにもならないと身ぶりをしながら、起こったことを泣きじゃくりながら私に話した。生涯において人間がこれほど打ち砕かれているのを見たことがなく、彼から感じとった悲しみと私の彼を思いやる気持ちは、不愉快な思い出を消し去ってしまうのに充分な理由だった。(Byrne, 156)

バーンはコズグレイブとゴガティ(Oliver St. John Gogarty, 1878-1957)が嫉妬心から仕組んだ嘘だとなぐさめ、ようやくジョイスは安心した。ノーラからも彼を安心させる手紙が届き、ジョイスは改めて愛を確認することとなり、事件は解決するに至った(より多くの発見があるはずなのだが、残念ながら、このときのノーラの手紙は現存していない)。

この事件はジョイスに大きな転機を与えることとなった。キンボールは、「それまで知ることがなかった別の人格を自身のなかに見出すこととなり、皮肉に満ちて超然としていること(ironic detachment)が内心の苦しみに対する信頼できる武器であったが消え去り、感傷的な自己憐憫と泣き叫んで報復することに身を委ねてしまった」のであり、ユングと同じように自らの「劣った人格」を見つけたのだと述べる。そして、「無意識から回収した人格を意識的に擬人化、さらには美化」することで、寝取られをテーマとした戯曲『さまよえる人たち』(*Exiles*, 1918)

や代表作『ユリシーズ』が誕生することとなったのである（Kimball, 37-40）。

これまでキンボールの論旨にしたがって辿ってきた。ユングもジョイスも一九〇四年を端緒として一九〇九年に危機を迎え、自らの影（シャドウ）を発見する。そのことが一方では分析心理学の発展に、もう一方ではモダニズムの大作につながったのである。

無意識との対決

一九〇九年にジョイスとユング双方が人生の危機に見舞われたことは、前の節で述べた。その後は順風満帆であったかというと、決してそうではない。むしろそのあとの一九一〇年代の方が、二人にとってははるかにつらい道のりであった。この節では、一〇年代の彼らの足跡を辿り、またしても示された二人のシンクロニシティを考えてみたい。

ユングはフロイトと袂を分かつこととなる。両者の考え方の違いがより鮮明となっていき、一九一二年に『リビドーの変容と象徴』の第二部が出版されると分裂が決定的なものとなったということはすでに述べた。翌年にはこれまで熱心に続けられてきた両者の文通も終わり、ユングは学会誌の編集長を辞任、翌々年には国際精神分析学会の会長も辞任している。ユングは孤立無援の状態となった。そして、これまでフロイトの理論を根拠としてきたユングには理論的な支えもなくなってしまった。一九一二年に『リビドーの変容と象徴』を発表して以降、ユングはほとんど主だった著作を発表していない。次に発表されたのが、代表作のひとつである『心理学的類型』（*Psychological Types*, 1921）であり、自らの理論を発展させるのに実に十年近くの時間がかかったことがわかる。自伝でユングは当時の気持ちを振り返る。

フロイトと歩みを別にしてから、私にとって内心での不確かさの時期が始まった。失見当の状態と呼んでも問題ないだろう。完全に中空に宙吊りにされたように感じたが、自身の足場をまだ見出していなかったからだった。とりわけ患者に対する新しい態度を発展させる必要があるように感じた。（Jung, *M*, 170）

「失見当」とは精神医学の用語で、自分や周りのひとが誰であるか、自分のいる場所、時間などがわからなくなってしまうことである。フロイトのもとを離れてから、ユングはそのような危機的な状態に放り出されてしまったのである。多くの不可解な夢や幻覚を見るようになった。この引用のあと患者との新しい接し方について述べている。

私は当分のあいだ患者に行使すべき理論的な前提を持ち込まないこととし、自発的に語るのを待ち、見ることにした。（中略）解釈は患者の答えや連想から自発的についてくるようだった。私はあらゆる理論的な視点は避け、ルールや理論を用いることなく、単に患者が自分で夢のイメージを理解するのを助けたのだ。(Jung, *M*, 170)

ユングは医師としての自信を取り戻す。そして同じことを自身の夢や幻覚にも応用するのである。夢や幻覚を正確に記録し、そこに表れた無意識の声をじっと聴き、解釈を試みる。ユングが自ら「無意識との対決」と名づけた長く苦しい闘いである。最初は夢や幻覚に圧倒されるばかりであったが、徐々に付き合い方がわかってくる。

必要なことはそれらを人格化することによって、自身と無意識の内容を区別することであり、同時に意識と関係づけることである。それがそれらから力をはぎ取る技術なのである。ある程度の自律性をもち、それぞれ別個のアイデンティティをもっているので、人格化することはそれほど難しくない。それらが自律していることは、折り合いをつけるのに厄介なものであるが、無意識がそのように表れているというまさにその事実が、私たちに最良の扱い方を教えてくれるのである。(Jung, *M*, 187)

このようにして耳を傾けた無意識の声に人格を与える作業をつうじて、アニマ、影、英雄、老賢人などユングの理論の核となる元型のイメージが作られていき、そしてそれら無意識を意識と関連づけていかに「自己」を達成するかという個性化の理論が生まれることとなったといえよう。

しかしこれらの無意識の声は、「精神病患者にとっては致命的な混乱を与える」ものであり、これらの声に耳を傾けることは「危険を伴う実験あるいは問題のある冒険」であった。そこには「この世の助け」が必要であり、ニーチェのように土台を失わないようにするために必要だったものは、「家庭と職業」であったとユングは語っている（Jung, *M*, 188-9）。危険な境界を越えてしまわないように日々の営みや趣味を大切にしたのである。同時期についてのヴェーアの記述にはさらに興味深いものがある。

彼が具体的な世界を肯定していたことは、友人たちの助けを借りて、お気に入りのスポーツであったヨットを再び始めたという事実にも表れている。あるとき彼は幼馴染のアルベルト・エーリ（Albert Oeri, 1875-1950）と年下の仲間たちとともに、チューリッヒ湖を行ったり来たりして四日間過ごした。今回の航海は、アルベルト・エーリがホメーロスの『オデュッセイア』の一部を朗読したので、特別な雰囲気を帯びることとなった。彼が慎重に選んだのは特に雰囲気に合った「ネキア」の挿話であり、影の国という彼岸、死者たちの

住処へのオデュッセウスの航海を描いている。（Wehr, 174）

ヴェーアは、ドイツの神話学者レオ・フロベニウス（Leo Frobenius, 1873-1983）の「夜の航海」を引き合いに出して解説する。「夜の航海」とは、

多くの神話において知られているものであり、すべての人類に共通の元型を含んでいるということができる。太陽は毎日西方で飲み込まれ、宇宙的な母の子宮のなかで夜の航海を始め、東方で新たに昇ることができる。（Wehr, 177）

無意識とは闇の世界、死者の世界である。ユングは無意識との対決においてまさに「夜の航海」をしていたということができる。ユングが自ら体験した夢や幻覚などに理論的な枠組みを与えてくれたのは、古今東西の神話であり、右の引用に見られる太陽神信仰などである。無意識の世界に飲み込まれ、新たに再生、復活する、ユングが述べる個性化の過程である。ユングは自らの航海をオデュッセウスになぞらえたことだろう。

一方、ジョイスもつらい道のりを辿っていた。ジョイスの最初の作品で、十五の短編を集めた『ダブリナーズ』（*Dubliners*, 1914, 以下 *D.*）の出版交渉は、まだ十二作品しか完成していない

一九〇五年の終わりごろに始められた（Fargnoli, 60）。一九〇七年には最後の作品「死者たち」（"The Dead"）も完成した。前の節で述べた一九〇九年のダブリン帰郷の主な目的も出版交渉である。しかしながら、猥褻な表現がある、英国王に対する不敬な表現があるなどを理由に契約を破棄され、出版は難航した。異国のトリエステの地で、二人の幼い子どもがおり、作家としての第一歩が踏み出せないまま、英語教師として稼いだわずかな給金のみで生活は困窮に瀕していた。そのような苦しい生活のなかで『肖像』が書き進められたのである。

状況が大きく好転したのは一九一四年である。W・B・イェイツ（William Butler Yeats, 1865-1939）の仲介でエズラ・パウンド（Ezra Pound, 1885-1972）と知り合うと、すぐに雑誌『エゴイスト』（*The Egoist*）に『肖像』の連載が決まる。連載に間に合わせるため、『肖像』の創作は加速し完成した。その連載が後押しとなり、『ダブリナーズ』も出版され、評価も概ね好評であった。翌四月までには『さまよえる人たち』が完成、六月までには『ユリシーズ』も第三挿話まで完成した（Ellmann, 383）。

順風満帆のジョイスであったが、第一次世界大戦という戦禍は容赦なく襲いかかることとなった。一九一五年六月、ジョイスは逃げるようにチューリッヒへと居を移す。ユングがいる都市にジョイスはやってきたのである。この時期に対面することはなかったものの、大戦の戦禍のなか一九一九年まで二人は同じ都市で過ごしたのだ。ここで『ユリシーズ』の第四挿話から第十二挿話までが書かれることとなる。

第一挿話から第三挿話までがスティーヴン・デダラスを主人公とした物語であり、それ以降はレオポルド・ブルームが主人公となる。主人公の異なる二つの部分がトリエステとチューリッヒという別の都市で書かれていたことは興味深い事実であろう。エルマンはトリエステについて次のように述べる。

新たに加わった妻と子どもたち、スタニスロースとのあいだでの古くからのそして新しい怨恨、経済的な困難が折り重ねられたトリエステでの嵐のような日々においては、厚かましくも飛翔する人物の象徴であるデダラスを用いて、若きころについて書くのにふさわしい環境であった。（Ellmann, 392-3）

弟スタニスロース（Stanislaus Joyce, 1884-1955）は兄の誘いでトリエステに来て、浪費家であるジョイスとノーラの生活を支えていた。当然、衝突も多かったはずだ。ダブリンの思い出話が創作のヒントとなったこともあるだろうが、弟は過去の因襲を帯びたままであり、トリエステという異国の地にダブリンを連れてきたようなものだったかもしれない。しかし一九一四年十二月、弟は反体制活動家として逮捕されてしまう。強制的に弟と離れることとなり、宗教改革の中心地であり国際色豊かなチューリッヒに移ったことが、宗教的アイデンティティの定まらぬコスモポリタンな主人公レオポルド・ブルームの創造に大いに影響を与えることは想像に難くない。

独身、不従順な息子、輝かしい落伍者であるプロメテウス、ルシファー、ファウストに代わり、航海者、流浪者、引きこもり（ホームキーパー）など、中身と家族をもつ男たちであるオデュッセウス、ダンテ、シェイクスピアを召喚した。チューリッヒという都市は、避難民たちや戦争商人たちの流入によってその市民の性質が問われていたが、オデュッセウスについて書くには良い場所であり、トリエステより騒々しいものの、オデュッセウス自身がカリプソーの王国で見つけたのと同じくらい安全な停泊地であった。（Ellmann, 393）

T・S・エリオット（Thomas Stearns Eliot, 1888-1965）はジョイスの手法を「神話的方法」と名づけた（Eliot, 483）が、ユングと同じようにジョイスが拠り所としたものも神話であった。第一次世界大戦の最中、この安息の地でユングはオデュッセウスのごとく無意識の世界を航海し、ジョイスは現代版『オデュッセイア』を創作していた。このように多くのシンクロニシティを示す二人は、やがて出会うこととなる。

第二章　ジョイスと心理学

ジョイスは、『肖像』や『ユリシーズ』において「意識の流れ」の技法を採用し、文学に革命をもたらした。「意識の流れ」とは、アメリカの心理学者ウィリアム・ジェイムズ（William James, 1842-1910）が提唱した心理学の理論であり、ジョイスと心理学は元々つながりが深いはずである。しかしながら、ジョイスは心理学や精神分析との関わりを尋ねられると否定し、あるときには精神分析は「恐喝（ブラックメール）でしかない」とまで言った（Ellmann, 524）。

エルマンによる伝記には、友人であったメアリー・コラム（Mary Colum, 1884-1957）との次のようなやりとりが記録されている。ジョイスが彼女と言語学理論の講演を聴きに行き、その後アメリカ人の青年を相手に内的独白について、その起源はエドゥアール・デュジャルダン（Édouard Dujardin, 1861-1949）の『月桂樹は切られた』（*Les Lauriers sont coupés*, 1887）であると語った。

メアリー・コラムは若者が去るのを待つと、彼女らしい力のこもったやり方でジョイスをやり込めた。「もうたっぷり楽しんだのでは？　人びとをたっぷりおからかいになったのでは？　でもどうしてフロイトとユングから恩恵を受けていることを否定なさるの？　あ

> のようなすばらしい創始者たちの恩恵を受けているほうが良いのではないですか?」長い年月にわたりジョイスに対してこんな口の利き方をするひとは誰もいなかった。ジョイスは唇を固く結び、椅子のなかでいらいらして体を揺らし、そして言った。「なんでも知っているおんなは嫌いだね」。しかし、メアリー・コラムは鎮まることなく反論した。「いいえ、ジョイスさん、そんなことないわ。お好きなはずよ。機会があったらこの件についての反論を書いて発表するつもりです」。彼は少しのあいだ黙ったまま憤っていたが、突然怒りを鎮め、顔に薄ら笑いの表情を浮かべた。(Ellmann, 634)

これは気の置けない友人であったメアリーに対してこそのエピソードではないだろうか。怒ってみせてはいるものの、この薄ら笑いに降伏の気持ちが表れている。実はフロイトやユングの恩恵を受けているのだ。しかしながら、「恐喝（ブラックメール）」などという強い表現を使ってまで、否定しなければならないなんらかの理由がジョイスにはあったのである。

第二章では、ジョイスと心理学との関わり、ユングとジョイスの短期間の交流の様子を辿ることで、その理由を探っていきたい。

心理学との出会い

前述のようにジョイスは影響を受けたことを否定しつづけたので、彼がいつごろ心理学や精神分析に興味をもったのかは定かではない。ブリヴィックはいくつかの先行研究を指摘し、一九〇二年に医学を勉強するためパリに留学した際にフロイトの『夢判断』（*Die Traumdeutung*, 1900）を読んだと推定されてきたとするものの、この本はウィーン以外では知られていなかったと否定する。しかしながら、彼は弟スタニスロースの『兄の番人』（*My Brother's Keeper*, 1957）の証言を引き合いに出し、「フロイトを知る前から精神分析的洞察に傾倒」し、『ダブリナーズ』は「臨床的に詳細な神経症の研究」であるとしている（Brivic, 9-10）。

医学を学ぼうとしていたのであるから、フロイトを直接知らなくとも、神経症などに興味をもっていたのも当然のことであろう。そして、「臨床的に詳細な神経症の研究」という考察にも大いに頷ける。ジョイスは、前に触れた出版交渉の際に書かれた手紙で、「ぼくが意図したのはぼくの国の精神史を書くことであり、ダブリンを舞台にしたのは、その都市が麻痺の中心地であるようにぼくには思えたからです」（Joyce, *L II*, 134）と『ダブリナーズ』の創作意図を述べている。最初の短編「姉妹」（"The Sisters"）では、司祭が誤って聖杯を割ってしまったことで精神に異常をきたし、神経症による「麻痺」（paralysis）を引き起こし、やがて発作で亡くなる。「姉妹」そして『ダブリナーズ』全体を象徴するかのように、「麻痺」というまさにその語が最初のページに登場する（Joyce, *D*, 1）。

ここで全十五作品を一つひとつ深く検証することはしない。表面的に読んですぐ気づくものだけ挙げる。「自身の発話の何かの言葉に引きつけられ、そらんじてきた何かを繰り返す」「ある出会い」（"An Encounter"）の老変質者（Joyce, *D*, 18）、幸せな海外での結婚生活を夢見て駆け落ちをしようとするも手すりにしがみつきアイルランドを離れられないイーヴリン、前夜に打ち明けられた話のせいで不安でひげも上手にそれず、嵌められたと気づきつつも結婚せざるをえない「下宿屋」（"The Boarding House"）のボブ・ドーラン、大声で泣き叫ぶ赤ん坊とあやす母親を前に言葉を失いただ立ちつくす「小さな雲」（"A Little Cloud"）のリトル・チャンドラー、これらだけでも充分だろう。老変質者は統合失調症が強く疑われるし、他の三人は強迫神経症、不安神経症であろうか。『ダブリナーズ』は、神経症の様々な症状に満ちあふれているのである。

よりはっきりとジョイスの心理学に対する関心を確認できるのは、一九一〇年前後である。心理学に関する三つの小冊子がのちにトリエステの書棚にあったが、このころに購入した可能性が高いとエルマンは述べている（Ellmann, 340）。いずれもドイツ語で書かれたもので、ユングの『個人の運命における父親の重要性』（*Die Bedeutung des Vaters für das Schicksal des Einzelnen*, 1909）、フロイトの『レオナルド・ダ・ヴィンチの子ども時代の記憶』（*Eine Kindheitserinnerung des Leonardo da Vinci*, 1910）、アーネスト・ジョーンズ（Ernest Jones, 1879-1958）の『ハムレットとエディプス・コンプレックスの問題』（*Das Problem des Hamlet und der Ödipuskomplex*, 1911）である。

三人目のジョーンズはイギリスの精神科医で、のちにフロイトの伝記を著したいわばフロイト派の重鎮であり、タイトルでその関係性が明らかである。ユングの著作もあるが、前の章で概観したように、フロイトと決裂するのはもう少しあとであり、男女それぞれ二人の症例を紹介して、父親の影響力が患者それぞれの神経症にどのように関与しているのかを示したフロイトのエディプス・コンプレックス理論のお手本のような論文である。

これら三本の論文をジョイスが読んだのだとしたら、一九一四年に完成した『肖像』にエディプス・コンプレックス理論の影響が見られたとしても不思議ではない。『肖像』のまさに最初の場面で「大きくなったらアイリーンと結婚する」と宣言する幼いスティーヴンに対し、「ごめんなさいをしないならば、鷲がきて目をくり抜くわよ」とおばのダンテが警告する（Joyce, *P*, 4）。リフはこの場面について、「鷲が目をくり抜くのは去勢の象徴であり、ここで明らかに暗示されているのは、画一化や権威への服従であり、このような罰の脅威によって強制されて、芸術における不能（インポテンツ）をもたらす」のであると分析する（Ryf, 113）。

肥溜めに突き落とすウェルズ、クリスマスディナーで父親に対して勝ち誇るダンテ、体罰をするドーラン神父、バイロンは異端だと認めるように迫って暴力をふるうヘロン、地獄の説教をするアーノル神父、仲間であるように促す学友たちなど、作品が暴力的な去勢の象徴であふれていることは前述のリフやブリヴィックなどこれまで多くの批評家が指摘してきたとおりである。母親に対するあこがれを抱えたままの主人公が去勢を迫る物質世界を去り、芸術という精神世界に旅立とうとする物語である。「スティーヴンは芸術を人生の代用とすることで自らを解放しようとするが、つねに神経症的な策略の反世界に囲まれることとなるだろう」（Brivic, 82）とブリヴィックが述べているように、母親への愛着を引きずったまま『ユリシーズ』に再登場することは前の章でも述べたとおりである。

ジョイスは自伝的小説として『スティーヴン・ヒアロー』（*Stephen Hero*, 1944 残された原稿のみ死後出版）を執筆していたが、その後中止、『肖像』として新たに書き直しされる。その二つの大きな違いは、後者が自由間接話法を使用した革新的な意識の流れの技法を使っていることであるが、フロイトのエディプス・コンプレックス理論を使用したことが内容面での革新性であるといえるのではないだろうか。

ユングとジョイス

第一次世界大戦の戦禍から逃れるため、一九一五年にジョイスはユングがいるチューリッヒにやってきた。作家としての知名度を上げていたころであり、彼のもとには多くのひとが集まるようになっていた。そのなかにユングとの関わりで重要な人物が二人いる。オットカロ・ヴァイス（Ottocaro Weiss, 1896-1971）とマッコーミック夫人（Edith Rockefeller McCormick, 1872-1932）である。この節ではこの二人の人物をとおしてのユングとの間接的な関わり、そして直接的な関わりについて考察することにする。

ヴァイスはトリエステ出身、チューリッヒ大学で政治経済を学ぶ青年で、音楽と文学に造詣が深く、家が近所であったこともあって一緒にコンサートに行くなど非常に親しく交遊した人物である。ヴァイスの姉妹の一人の名前ポーラ（Paula）を『ユリシーズ』の主人公ブルームのセカンドネーム（Joyce, *U*, 17.1855）に使ったり、彼との政治理論についての対話や世間話の内容が『ユリシーズ』や『フィネガンズ・ウェイク』（*Finnegans Wake*, 1939）に活かされていたりすることをいくつかエルマンは紹介しており、私生活のみならず創作にも少なからぬ影響を与えている人物であるといえよう（Ellmann, 393, 463-465）。

ヴァイスの兄の一人にエドアルド・ヴァイス（Edoardo Weiss, 1889-1970）博士がいる。彼はフロイトの初期の弟子の一人であり、のちにイタリアで最初の精神分析家となった人物である。ヴァイスはこの兄を通じてユングとも面識があり、兄とユングから精神分析について学び、その知識をジョイスに授けたようである。おそらくその影響もあって、ジョイスは一九一六年にはノーラの夢を記録してそこにフロイトさながらの解釈を施してみたりしている（Ellmann, 393,

436-438)。

彼との交遊が作品に活かされていることを考えると、ヴァイスから得た精神分析の知識が使われていると推測しても間違いではなかろう。一九一九年末のジョイスからバジェン（Frank Budgen, 1882-1971）への手紙には、ヴァイスがユングの『リビドーの変容と象徴』を贈ってくれると約束したが忘れていることが述べられており（Joyce, *Letters of James Joyce*, 131）、ユングの理論にかなり強い関心をもっていることがうかがえるのである。

もう一人の人物マッコーミック夫人は、ロックフェラー財団の創設者ジョン・デイヴィソン・ロックフェラー（John Davison Rockefeller, 1839-1937）の娘であり、父親同様慈善活動に多くの資産を費やしたことで知られている。一九一三年、ユングの治療を受けるためにチューリッヒにやってきて、一九二一年までそこで過ごした。治癒後は自ら分析者となり活躍したほか、一九一六年にユングが心理学クラブを創設した際にも支援をしている。チューリッヒにいるあいだ、戦争でチューリッヒに逃れて来ていた作家たちや音楽家たちを経済的に支えており、ジョイスもその一人である。一九一八年二月、匿名で一万二千フランの振り込みと千フランの寄贈の申し出があった。ジョイスがなんとか出処を突き止めると彼女に辿り着いたのであった。ジョイスは、約一年半彼女の支援を受けることとなる（Wehr, 228/Ellmann, 422/ANB）。

ユングの信奉者であった夫人は、ジョイスにも精神分析を受けるようにと勧めた。エルマン

は、そのときの夫人との会話が『フィネガンズ・ウェイク』(Joyce, *Finnegans Wake*, 以下 *FW*) で再現されていると分析している (Ellmann, 456)。

——あなたは困った詮索好きな証人ですね、実に！ しかしこれは笑い事ではありません。おまけに私たちは鼻が音痴だとお考えなのですか？ ねえ、意味と音をはっきり区別できないの？ 達人ならではの自己中心主義と脂肪臀症による倒錯の狭間で同性愛的共感カテクシスをおもちです。精神分析をお受けになって下さい。
——ああ、いやはや！ あなた方肌の茶色い四分の一混血児(クウアドウルーン)たちからの巧妙な看護婦が示すような同情は欲しくないし、望むときにはいつでも（みんな霧に巻かれてしまえ！）あなた方が干渉したり、仕事泥棒したりしなくても、自らの精神分析ぐらいできますよ。(Joyce, *FW*, 522.27-36)

なるべくわかりやすく日本語訳を試みてみたものの、はっきりしたことはわからない。しかしながら、二人の雰囲気はつかみ取ることができるだろう。夫人は高飛車に「カテクシス」のような専門用語を並び立て、性倒錯、同性愛的傾向がジョイスにあることをほのめかし、精神分析を受けるように迫ったのであろう。それに対し、自分のことは自分がよく理解している、病名をつけて同情されたくはないという気持ちだったのであろう。ジョイスは精神分析を受けることを頑なに拒否した。

おそらく拒否したことが引き金となり、一九一九年十月、夫人からの資金提供は打ち切られた。犯人探しが行なわれた。打ち切るように説得したのだと疑いの目がヴァイスに向けられ、二人の友情は終わった。ヴァイスがプレゼントする予定であった『リビドーの変容と象徴』を入手できたのかは不明のままである。後年ユングは記憶がないと語ったが、彼が精神分析を受けさせようとして打ち切らせた可能性も考えられた。ユングに対しておそらく悪印象を抱いたまま、十月中旬、ジョイスはチューリッヒを離れることとなった（Ellmann, 467-9）。ここまではジョイスとユングは間接的な関わりしかない。より直接的な関わりをもつようになるのは十年ほどのちのことである。

そのきっかけは一人の人物である。チューリッヒの出版社の所有者であるダニエル・ブロディ（Daniel Brody, 1883-1969）が、ユングに『ユリシーズ』についての精神分析家として意見を書くように依頼したのである。『全集』の註が示しているように、ブロディが始めようとしていた文芸雑誌の論文として、ブロディの会社が出版した『ユリシーズ』のドイツ語訳第三版の序文として、スチュアート・ギルバートによる研究書『ジェイムズ・ジョイスの「ユリシーズ」――ひとつの研究』の序文として、それら三つのうちのいずれかの目的で依頼されたようであるが、それぞれ記憶違いがあるのか目的は不明のままである（Jung, CW 15, 132-3）。

一九三〇年、ユングは依頼に応えて書いたが、その原稿は残っていない。それはジョイスにとって名誉を損なうものであったようだ。エルマンは「ユング理論を見事に表現したものであったが、テクストについてほとんど理解を示しておらず、その本は前から読むのと同じく後ろからでも簡単に読めるといった根拠のない中傷が含まれていた」と述べる。そのような内容だったのでブロディがジョイスに承認を求めると、ジョイスは「公にさらして笑いものにせよ」と電報を送った。結局、その文章が何かに掲載されることはなかった（Ellmann, 628）。

エルマンはブロディと対面したときに交わしたやりとりも記録している。「なぜユングはぼくに対してこれほど無礼なのか？　彼はぼくと面識すらない。人びとは所属していない教会からぼくを追い出したいと思っている。精神分析とは何も関係がないのだ」とジョイスは不快感をあらわにした。それに対してブロディは「ひとつだけ説明できることがあります。あなたの名前をドイツ語に直して下さい」と返した。"joy" "rejoice" を表すドイツ語は、ユングが袂を分かったフロイトのつづりに e を足した "Freude" なのである（Ellmann, 628）。ユングとジョイスは最初から運命的に相容れないものがあったのかもしれない。

原稿は残されていないので、どの部分が残されどのように書き換えられたのかは推測の域を出ない。二年後の一九三二年、書き直されて発表された論文が本書で新しく翻訳した「ユリシーズ――心理学者のモノローグ」である。ユングは手紙を添えてジョイスに送った（論文と手紙の内容については第三章で詳しく述べる）。これがユングからジョイスへの最初の手紙であり、現存する唯一の手紙である。

ジョイスの反応は両面的である。エルマンは手紙について「心理学的に精通していることに対する賛歌を誇らしげに見せびらかした」とあり、実際にバジェン宛ての手紙では「もちろん光栄だ」と述べられている。しかしながら、論文の内容がどちらかというと気をよくさせるものだったにもかかわらず、「愚鈍だ」と評価したとされている。ゲオルグ・ゴイヤート（Georg Goyert, 1884-1966）宛ての手紙では「ユングの記事とぼくへの手紙を読んだかい？　彼は『ユリシーズ』を最初から最後まで一度も微笑むことなく読んだらしい。そんなときにできることは飲み物を変えることだけさ」と書いている（Ellmann, 629/Joyce, *Letters of James Joyce vol.III*, 261-2, 以下 *L III.*）。

カトリックで大酒呑みの公務員の息子とプロテスタントの牧師の息子、そもそもの気質が異なったのかもしれない。ジョイスのユングに対する評価は変わらなかった。そのころ娘ルチア（Lucia Joyce, 1907-1982）の精神状態が極めて深刻になっており、周囲はユングに診てもらうことを勧めたが、ユングを嫌っていたのと娘が精神病であることを認めたくない気持ちがあり、ジョイスは断った。ようやくユングのいるサナトリウムに預けることにしたのは二年後の一九三四年九月のことである。ユングはルチアの「二十番目の医師」となった（Ellmann, 659, 676）。

ルチアの治療は最初のうちはうまくいったようである。「医師に対してはたいてい黙ったままであったが、ユングには自由に話をした。彼女は幸せになったように思え、体重も増えた」とエルマンは述べる（Ellmann, 676）。しかしながら、ほどなくして治療はうまくいかなくなる。ジョイスとユングは数回対面して議論を重ねることとなる。そのときの様子をエルマンは次のように描写する。

心理学者がルチアの書いた詩に統合失調症の要素があることを指摘すると、ジョイスはユングの『ユリシーズ』についてのコメントを思い出し、新しい文学を期待させるものだと主張し、娘はまだ理解されていない革命家なのだと言った。（Ellmann, 679）

治療がうまくいかなかったのは、父娘が病気の診断を受け入れなかったことにあるのかもしれない。エルマンの伝記に記録されたユングが弟子の一人に送った手紙では次のように説明されている。

ぼくのアニマ理論についてある程度ご存じなら、ジョイスとその娘は典型例です。娘は明らかにジョイスに「霊感を与える女性（フェム・インスプラトリス）」であり、そのことは娘が精神異常者だと認定されることをジョイスが頑なに嫌ったことを説明してくれています。ジョイス自身のアニマ、すなわち無意識の心理は、しっかりと娘と同一視されており、娘が精神異常者だと認定されることは、自身が潜在的に精神病であることを認めることになったのでしょう。それゆえ彼があきらめられなかったのも理解できます。（Ellmann, 679-80）

ジョイスが幼き日々に抱いていた母親への愛着すなわちアニマは、妻のノーラに、そして娘ルチアへとつながれ、娘と自分を同一視するに至ったのかもしれない。妻がアニマとなり、『ユリシーズ』においてモリーの創造に貢献したように、娘がアニマとなり『フィネガンズ・ウェイク』のイシーを創造することになったのだろう。娘の才能を信じることは自らの才能を信じることであり、娘が精神異常者だと認めることは、自らもそうであることを認めることになるのだろう。

ジョイスはヴァイスやマッコーミック夫人をとおしてユングの理論についてかなりの情報を得ていた。自らが統合失調症なのではないか、もしくは作品からそのように疑われるのではないかという疑念があったし、実際ユングはそのような論文を書いた。メアリー・コラムに精神分析は「恐喝（ブラックメール）でしかない」と語ったのは、まさに娘を、そして自分自身を信じたいというジョイスにとっての思いだったにちがいない。

『ユリシーズ』と内向／外向、個性化過程

ユングの著作は膨大であり、読み進めていくと同じ事柄が何度も繰り返されているように感じられて気が遠くなる。また、ユングは書いたものを繰り返し改稿しているため、どのような時系列で彼の思想が発展していったのかを辿ることは困難である。しかしながら、ユング自身が「原素材」と呼ぶものがあり、それは第一章で述べた無意識の対決によって得られたものだ。「それ以降の詳細な説明は、無意識より突然現れて最初私を圧倒した素材の補足と明確化にすぎない」と自伝で述べている（Jung, *M*, 199）。すなわち膨大な量のユングの著作はすべて「原素材」を基にしたものであるといえる。

では、この「原素材」とは何なのか。ホーマンズ（Peter Homans, 1930-2009）は「コアプロセス」という表現で「個性化過程」をわかりやすく説明している。ユンギアンにとっては退屈かもしれないが、分析心理学をあまり知らないジョイシアンのために、少々長いが引用する。

カール・ユングの分析心理学は、最も一般的な意味でそのコアプロセスを個性化過程と定

義する。それは自我あるいは意識の中心が集合無意識の内容によって比較的無傷である心理学的文脈で始まる。これらの状況において、自我は主としてペルソナや集合意識によって形作られ、社会の現実に対して理性的または手段的適応の状態にある。個性化の開始は、ペルソナ――日常生活に対する理性的な意識の関係――の弱体化とその後に起こる元型的イメージ、とくに影(シャドウ)とアニマの出現によって特徴づけられる。個性化が進むにつれて、これらの元型的イメージは解釈を通じて自我の意識に同化される。そしてこの同化の結果、自己(セルフ)は徐々に存在するようになるので、自我と無意識はバランスの取れた関係性を獲得する。個性化あるいは真の個性の達成はしばしば夢、空想、想像の産出において、四人組あるいはマンデラのイメージが伴う。(Homans, 24)

この個性化過程の理論の萌芽は、一九一一～一二年に書かれ、フロイトとの決裂の表明となった『リビドーの変容と象徴』である。翌一九一三年にはミュンヘン学会にて、ユングにとってもうひとつの重要な概念である内向と外向という区分けによる類型論についても披露されている。その後無意識との対決を経て、一九一六年に「無意識の構造」("The Structure of the Unconscious")、一九一七年に「無意識過程の心理学」("The Psychology of the Unconscious Process")という二本の論文が書かれ、一九二一年の大作『心理学的類型』(*Psychological Types*)となる。『心理学的類型』は個性化過程というコアプロセスに類型論が組み合わさった著作で、最後の章がいわば用語集となっていることから、この時点で彼の分析心理学が完成したと考えられている。

ジョイスはユングの著作の何をどのくらい読んだのであろうか。トリエステの書斎の蔵書として確認できるものは、先に紹介した『個人の運命における父親の重要性』のみである。『リビドーの変容と象徴』は前に述べたようにヴァイスが贈ってくれると約束していたことが手紙で確認できるが、そのころヴァイスとの交友も終わりを迎えており、おそらく入手できなかったと考えられる。

しかしながら、すでに述べたようにユングとも親交があるヴァイスが一九一九年末までジョイスと親しい関係にあった。ヴァイスは完成に向かいつつあったユングのコアプロセスや類型論について多くのことをジョイスに伝え、ジョイスもそれを利用したはずである。すでにキンボールとブリヴィックによって『ユリシーズ』とユング心理学との関係が検証されている。ここからは二人による先行研究を導きとして、ユングの理論がどのように利用されているのかを考えてみたい。

ブリヴィックは、ユングの類型論に基づいて『ユリシーズ』を分析し、基本構成を明らかにしてくれる。ブルームは外向型感覚類型（補助機能は感情）、スティーヴンは内向型直観類型（補助機能は思考）であるとする（Brivic, 150）。まずはブルームである。外向型人間とは「客観的な状況とその要求に直接結びついた方法で考え、感じ、行動し、実際生きる」(Jung, *CW* 6, 333)。そして、感覚類型なので、「指向は純粋に感覚に訴える現実と一致する」(Jung, *CW* 6, 363)。したがってブルームの内的独白は、ほとんどが感覚で知覚しうるものへの反応で占められている。たとえば第四挿話の冒頭を考えてみても、羊の腎臓の尿の匂い、冷たい空気、燃える石炭、やかん、鳴き声をあげる猫、五感で感じられるものに一つひとつ反応する(Joyce, *U*, 4.1-20)。

また、外向型感覚類型についての次のようなユングの描写も我々を納得させるのではないだろうか。

> 決して不愉快な人物ではなく、反対に生き生きと楽しむことができるので、とても良い仲間となる。たいてい楽しい仲間で、時には洗練された審美家である。前者の場合、人生における大きな問題は、昼食が良いかまずまずであるかに左右される。後者の場合、すべては趣味が良いかどうかにかかっている。[中略] 彼は状況にあわせて上手に着こなし、友人のためにたくさんの飲み物を伴ったおいしい食卓をいつも用意するので、友人たちは大満足するか、少なくとも洗練された趣味の良さによって友人たちが求めるいくつかのことを満たしてくれる人物であると理解させるのである。(Jung, *CW* 6, 364)

ブルームはユダヤ人であるがゆえに様々な偏見と差別にさらされているが、社交の場面ではおしゃべりで楽しい話題を提供する。第八挿話では昼食を堪能する様子が入念に描かれる。葬式があったことから喪服を着用し、その前にお風呂に行くなど身だしなみは良い。深夜なので豪華な食事はないが、スティーヴンをココアでもてなす。亡くなった友人ディグナムの息子のために手配をする。作中では疎んじられていても、多くの読者が愛してやまないキャラクターである。

ユングは外向型人間の危うさについても警告している。「過度に外向的な態度は主体をないがしろにすることがあるので、主体はいわゆる客体が要求することの犠牲となる」。その結果、「その人物は客体に吸収され、完全に自身を見失ってしまう」(Jung, *CW* 6, 335-6)。ブルームの不在性はこれまでにも多く論じられてきたが、それは彼が主体を欠いているからである。ブリヴィックは、ブルームは「エブリマンまたはノーマン」(Joyce, *U*, 17.2008) であり、「すべてを受け入れるのであらゆるものとの関係で存在するが、皮肉にも彼の姿勢が自己否定であるので存在しない」(Brivic, 144) と述べる。主体を失くした結果、神経症が引き起こされるが、症状としてヒステリーが多いとユングは述べる。ユングによると、ヒステリーは「自身に関心をもってもらい印象づけることが基本的特徴」であり、「感情の噴出」が症状である (Jung, *CW* 6, 336)。第十二挿話で見せるブルームの激昂も外向型人間の特徴として説明がつくであろう。感覚類型の場合、抑圧されていた直観が働き、「客体が性的なものであると、嫉妬による空想や不安が支配する」（Jung, *CW* 6, 365）。ブリヴィックは、ブルームが考える求愛者リスト（Joyce, *U*, 17.2133-42）は、この症状であると指摘している（Brivic, 151）。また、ユングによると、感覚類型は主に男性とされているが、ブルームの第二機能である感情類型は主に女性であるとされており、「新しい女性的男性」（Joyce, *U*, 15.1798-9）を裏づけるものだとしている（Brivic, 152）。

一方スティーヴンは、ブルームとは正反対の内向型直観類型（補助機能は思考）であるとブリヴィックは分析している。ユングの説明を掻い摘んでみよう。内向型とは「主観的な尺度によって自らを方向づけ」、「客体と自身のあいだに主観的な見方を差しはさむことによって、客観的な状況にふさわしい性質をもった行動をとることができない」人びとである（Jung, *CW* 6, 373）。現代社会においては客観的であることが尊ばれており、内向型人間は自己中心的で、「思いあがったエゴイストもしくは気がふれた偏屈者」であるという誤解を外向型人間たちに与える。「独断的でかなり一般化する表現様式のせいで端からほかのすべての意見を除外するように思われ、外向型人間の偏見にお墨つきを与える」のであるが、「偏見に直面するとたいてい途方にくれて正しい議論ができない」（Jung, *CW* 6, 377）。

このことは第九挿話で確認できるだろう。『ハムレット』（*Hamlet*, 1600-01）を通じて独断的にシェイクスピア（William Shakespeare, 1564-1616）の生涯を推測する彼の論は、その場にいる登場人物たちの理解を得ることはないし、「自分の理論を信じていますか」と問われたスティーヴンは即座に「いいえ」と答えることで議論にもならないのである（Joyce, *Ulysse*, 9.1065-7）。第九挿話はスティーヴンの内的独白を通じて聴衆の表情が入念に伝えられているが、神経症的な不安の表れであり、「他者の強い影響力を恐れ、敵の影響下に入るのではないかという恐怖から解放されることはほとんどない」（Jung, *CW* 6, 379）というユングの分析を裏づけるものでもあるだろう。

内向型直観類型は、内向型のなかでも独特なタイプであり、神秘的夢想家や予言者、芸術家や偏執狂がこのタイプに入る。

> 直観が強化されるとしばしば触知できる現実から並外れて遠ざかる結果となり、身近なひとたちにとってさえ全く謎の人物となるかもしれない。もし芸術家なら、尊大でありながら陳腐、美しくありながらグロテスク、崇高でありながら気まぐれなどあらゆる色にゆらめく奇妙で遠い未来の事柄を自らの芸術で明らかにする。（Jung, *CW* 6, 401）

このユングの描写は、海辺を歩きながら様々な空想をする第三挿話を説明しているかのようであろう。ブリヴィックは次のように述べる。

触知できる現実から遠ざかっているので、スティーヴンの世界は絶え間ない変形のシステムであり、思考さえも生のないものへと向かう傾向がある。世界に対して苦々しく対峙し、言語さえも含めて感知できるあらゆる現実の限界と流動性を超えて舞い上がりたいという願望がつねに彼の思考に内在している。(Brivic, 146)

ブルームがあらゆる物体に反応し興味を示すのに対し、スティーヴンは物体が腐敗するものであるとしてそこから逃れようとする。外界を否定することで強迫神経症が引き起こされるが、スティーヴンは「[元型]内部に埋められたままの物体の永遠の姿を表現しようともがいている」人物であるとブリヴィックは考察する(Brivic, 151)。

客体に吸い込まれ主体をなくしてしまうブルームも、客体を無視して主体に閉じこもってしまうスティーヴンも問題である。「生にとっての理想的な関係は二つの極の中間、物質的かつ精神的に不可欠な統一された感覚の姿勢である」。しかし、外向と内向という対立は二人を調和させることを不可能にしている。ジョイスは「和解させることができない自身と人類の葛藤を劇化している」のだとブリヴィックは結論づけている(Brivic, 164-5)。

このようにブリヴィックはユングの外向・内向の概念に基づいて相容れることのない二項対

立として二人の主人公を提示したが、個性化過程の理論を用いて二人の関係をより積極的に読み解いたのがキンボールである。彼女はブルームよりもスティーヴンに主眼を置き、スティーヴンが自己を獲得する物語であるとし、登場人物に次のような役割分担を割り振る。

自我（エゴ）＝スティーヴン
ペルソナ＝マリガン
影（シャドウ）＝ブルーム
アニマ＝モリー
自己（セルフ）＝登場しないが常在する未来の生産的な芸術家、ユリシーズ（Brivic, 16）

「ペルソナとは個人の意識と社会との関係の複雑なシステムであり、一種の仮面と考えてもよく、一方では他者に対する明確な印象を作り、他方では個人の性質を隠すためにデザインされたものである」（Jung, CW 7, 192）とユングは定義する。社会で生きていくためにはある意味必要なものであるが、個性化の目標である自己を達成するためには捨て去る必要があるものである。『肖像』は「自我の発達だけではなくペルソナの選択と強化を通じて芸術家の主人公を描いている」とキンボールは述べる（Kimball, 47）。校長先生に抗議する子どもたちの英雄、奨学金で家計を支える家父長、司祭、大学生、スティーヴンは様々なペルソナを身につけては捨てる。キンボールは『肖像』においてスティーヴンはすでに性的衝動という影に出会うのだとするが、第五章では「影と和解するのではなく、ペルソナを再建、強化する」ことで回避するのである（Kimball, 47）。

作品の最後でスティーヴンは芸術家のペルソナを身につけようとするが、これは同時に危険な英雄の元型が結びついた状態である。英雄の元型は「誇大妄想」を伴う。

途方もない自負がつのると自分が特別な何ものかであると確信するようになる。さもなければ、自負が満たされないことが自らの劣等性を証明するが、それは英雄的受難者にとっては好ましいものである（負の膨張）。矛盾しているが、療法の形式が同一のものであるのは、意識的な誇大妄想は無意識の補償的な劣等性によってバランスが取られ、意識的な劣等性は無意識の誇大妄想によってバランスが取られているからである。（Jung, *CW* 9-1, 180）

キンボールはスティーヴンの誇大妄想と劣等意識が『ユリシーズ』の前提となっているのだとする（Kimball, 56）。このような状態でスティーヴンは医学生のペルソナ＝マリガンと結びついているが、自己を達成するためにはこれも捨てなければならない。

自我からペルソナを切り離してアニマへつなげ、個性化を促す役割をするのが影(シャドウ)である。『肖像』においては性的衝動の形で表れていたが、スティーヴンが忌み嫌う性的なことを第十五挿話ですべて行なうのがブルームなのであり、ブルームがスティーヴンの影として対峙するとキンボールは分析する（Kimball, 72）。第十六挿話では実際に、マリガンを暗示して「ある新進開業医との関係を断つようにアドバイス」（Joyce, *U*, 16.1868-9）していることでもそれが確認できるであろう。

スティーヴンにとって死んだ母親は強力なアニマと結びついている。この母親はユングがいう「二重の母親」であり、愛するものであるとともにひどい母、死の象徴である。そのイメージは早くも第一挿話で現れ、夢のなかで母親は「死体を食らうもの」として登場し、スティーヴンは「生きさせて」と叫ぶ（Joyce, *U*, 1.278-9）。その後一日中、このひどい母親のイメージは去来する。そして第十五挿話では、母親は緑の蟹となり、かぎ爪をスティーヴンの心臓に突き刺し殺そうとする。彼はトネリコのステッキを振り上げ、シャンデリアを打ち壊すことで母親の幻影は消える（Joyce, *U*, 15.4220-45）。

これにより母親と結びついた強力なアニマが消える。しかしスティーヴンが新たに生まれ変わるためには新たなアニマが必要である。影であるブルームが提示するアニマがモリーである。第十七挿話でランプの明かりのみで提示されるのは、「影は個人無意識に生息し自我と接触するが、アニマは集合無意識が領域であり自我とは接触しない」からであり、アニマとしての「モリーの貢献はすべて小説のアクション外で明かされる」とキンボールは述べる（Kimball, 114）。アニマであるモリーはスティーヴンの未来を約束し、無意識を取り込んだ自己を達成、やがて『ユリシーズ』を創作することになる芸術家の誕生となるのである。

ブリヴィックとキンボールによる先行研究を辿ることで、ユングの内向と外向、個性化理論との関わりを考察してきたが、多くの共通点があることがわかるであろう。先に述べたように、実際にはジョイスがどこまでユングを参照したのかはわからない。ユングは古今東西のあらゆる神話から自らの理論を導き出したのであり、たまたまジョイスも同時に同じ極致に辿り着いたのかもしれない。しかし、ひとつはっきり言明できるのは、ユングのコアとなる理論と『ユリシーズ』はほぼ同時期に完成され、かなりの近接を示しており、ジョイスが利用した可能性が高いということである。

第三章　『ユリシーズ』を読むユング

第一章ではユングとジョイスの伝記的つながりを、第二章ではジョイスが精神分析や心理学から何を得ているのかを考察してきた。ジョイスは二十世紀最大の問題作『フィネガンズ・ウェイク』を一九三九年に発表したあと、第二次世界大戦中の一九四一年に亡くなったが、ユングはそれより長く生き、ホロコーストや原子爆弾といった悲惨な現実を見つめることとなった。一九四五年に書かれた「破局のあとで」（"After the Catastrophe"）という論文には『ユリシーズ』への言及があり、ユングがこの作品について考えつづけていたことを示している。そこでこの最後の章では、ユングが『ユリシーズ』を読んで何を考えたのか、そしてユングの思想にどのように反映されているのかを探ることで、二人がもつメッセージを考えていきたい。

精神科医が読む『ユリシーズ』

『ユリシーズ』出版から百年が経過し、ジョイスについて多くの入門書が存在し、インターネット上には情報があふれている。おまけに集英社による日本語版には、各挿話が始まる前に計画表の抜粋やあらすじがつき、巻末には膨大な量の註釈までご丁寧につけられている。真っ新な状態で読むことはもはや不可能であろう。それゆえ、賛否両論様々な意見が飛び交っていたとはいえ、出版からたった七年しか経っていない一九二九年に、作品についてほとんど情報をもたない精神科医が最初に何を思ったのかを知ることは、二十一世紀の読者にとっては極めて貴重である。

本書で新たに翻訳したユングの『ユリシーズ』論は一九三二年に完成した際、ユングはそれを面識のなかったジョイスに手紙を添えて送っている。その手紙はこの論文を書いた経緯と弁明をジョイスに対して行なっているのであり、論文の内容を考えるうえで手紙を参照することは大いに意義があることだろう。

手紙は四つの段落から成り立っている。最初の段落からは『ユリシーズ』を読むことになった経緯がわかる。

あなたがお書きになった『ユリシーズ』は、たいへん混乱を与える心理学的問題を世の中に提示されたので、心理学的な事柄の権威であるとされている私は、たびたび仕事の依頼をされてきました。(Joyce, *L III*, 253)

第二章で述べたように、何に掲載される予定だったのかは不明だが、『ユリシーズ』のドイツ語版を刊行しているチューリッヒの出版社を所有するブロディから精神科医としての意見を書くように求められたのである。一読者とか一知識人、一文芸評論家として興味をもったわけではないことが大事な前提条件である。「精神科医」としての色眼鏡をかけた状態でユングは読み始めたのである。

手紙の第二段落は次のように始まる。

『ユリシーズ』はかなりの難物であることがわかり、私の心は最大級の尋常ならざる努力を強いられただけではなく、（科学者の立場から言って）あまりに途方もない旅をさせられることになりました。あなたの本全体は私をひどく困らせたので、没入することができるまで、私は約三年間じっくり考えました。（Joyce, *L III*, 253）

ユングは精神科医として患者の話にじっと耳を傾け、その無意識に身を投じて治療したように、『ユリシーズ』に対してもなんとか「没入」しようと試みたのである。そのことは論文の次の部分からもわかる。

私は精神科医であり、それゆえ心の発現すべてに関して職業的な偏見を含んでいることになる。読者に警告しておくが、平均的な人間の悲喜劇、存在の冷たい側面、精神的なニヒリズムの薄暗さが私の日々の糧である。それは私にはストリートオルガンが流す曲、気抜けて侘びしい調べ。そこには胸を打つもの、心に触れるものは何もない。私は天職でこういう気の毒な状態から人びとを救い出すことで精一杯だったから。私はそういう状況と不断に闘い、私に背を向けないひとたちの症状にだけ心を配っているのかもしれない。『ユ

リシーズ』は私に背を向ける。（本書十八―十九頁）

第二章で述べたように支援者であったマッコーミック夫人から精神分析を受けるように提案されたとき、ジョイスは断った、すなわち「背を向ける」のである。そして論文の二年後であるが、娘ルチアを治療しようとするも失敗し、またしても「背を向ける」かたちとなる。そしてジョイスの作品もユングには「背を向ける」のである。精神科医の職業病ともいえるであろうが、「平均的な人間の悲喜劇、存在の冷たい側面、精神的なニヒリズムの薄暗さ」ばかりに目がいってしまった結果、ユングに残されたものは「無」となったのだろう。「無で始まり無で終わるだけではなく、徹底して無から成っている」（本書八頁）が、ユングが最初に辿り着いた印象だったのである。

手紙と論文を読んだジョイスは、「彼は『ユリシーズ』を最初から最後まで一度も微笑むことなく読んだらしい」（Ellmann, 629/Joyce, *L III*, 261-2）とゴイヤート宛ての手紙に書いている。第十五挿話の「白きヨーガ行者」についての場面をユングは「感動的で意味深い」（本書五十頁）と述べているが、Æのペンネームで知られるジョージ・ウィリアム・ラッセル（George William Russell, 1867-1935）たちが追い求めていた神秘主義や神智学への揶揄であり、実際の人となりを知っているアイルランド人たちにとっては滑稽な場面と映るはずである。一般的に「笑い」のジャンルのひとつとして、わかるひとにしかわからない類いの「笑い」があるが、我々と違って註釈すらも手元にないチューリッヒ人ユングにとってわかるはずもない。わかるひとだけにしかわからないよとばかりに「背を向けられた」ユングや初読者に残されるものは「無」となってしまうものかもしれない。

手紙の第二段落の後半では、ジョイスに対して謝罪の弁が述べられている。

> あまりにも神経と灰白質(かいはくしつ)をすり減らすこととなったので、あなたの本を楽しんだのかどうか確信をもつことはおそらくないでしょう。私は世間に向かって、どれほど退屈したか、どのようにぼやいたのか、どのように呪ったのか、どのように感服したのかを言わざるをえなかったので、私が『ユリシーズ』について書いたものをあなたに楽しんでいただけるのかどうかもわかりません。(Joyce, *L III*, 253)

論文のひとつの側面は、「無」しか読み取ることができなかったユングの感情の吐露なのである。そしてジョイスの作品に対して無礼な表現が多々あることを認めているのである。

ユングが精神科医として『ユリシーズ』を読んだことでもうひとつ明らかにされたことがある。それは作品に統合失調症の症状がみられることである。新造語、言語圧縮、音による連想、思想の突然の転換と中断などをユングは挙げている（本書二十頁）が、これらはすべてユングの初期の著作である『早発性痴呆症の心理学』（*The Psychology of Dementia Praecox*, 1909）で詳細に検証された早発性痴呆症（統合失調症は当時はこの名で呼ばれた）の症状である。しかしながら、統合失調症を診断するうえで決定的な要素が作品には欠けている。同書における記述である。

絶え間なく続く痛みがつねに同じ単調な苦悩の叫びを呼び起こすように、固定された愁訴は個人のすべての表現様式を徐々に型にはめることになるので、しまいには日々機械的な正確さで同じ質問に対して同じ解答を受け取ることとなるだろう。（Jung, *CW, III*, 93）

これは「常同症」と呼ばれる症状である。『ユリシーズ』には「型にはまった表現がまるでない」、「繰り返しの単調さは確かにない」（本書二十一二十一頁）とユングは述べる。『早発性痴呆症の心理学』の結論部分では、患者と詩人の言語構造を比較し、「詩人は極めて強力な表現手段を使って仕事し、おおかた意識的に方向づけられて物事を考える」（Jung, *CW, III*, 144）としている。精神科医ユングは「精神の機能はしっかり制御」（本書二十一頁）されていることから症状はあるものの患者ではなく、作品は芸術家による表現であると判断したといえよう。

この二年後、娘ルチアを患者として扱い、ジョイス本人にも繰り返し面会したユングは、統合失調症の症状を改めて確認することとなる。第二章で引用した弟子の一人に宛てた手紙の続きである。

> 彼の「心理学的」な文体は明らかに統合失調症によるものです。しかしながら、通常の患者はそのように話し、考えざるをえないのに対し、ジョイスは自らの意志で行ない、さらに創造力を発揮して発展させたのです。そのことが偶然にも彼が境界を越えなかったことを説明してくれています。しかし娘が境界を越えてしまったのは、父親のような天才ではなく、たんに病気の犠牲者にすぎなかったからです。過去のほかの時代だったら、ジョイスの作品は決して印刷されることはなかったでしょうが、私たちが生きている恵まれた二十世紀ではひとつのメッセージなのです。まだ理解されてませんがね。(Ellmann, 680)

ユングが無意識の世界へと夜の航海をして大成したように、ジョイスも無意識の世界へ飛び込み帰還し作品を完成させたといえよう。

時代の発現

本が好きなひとであれば、夜ベッドに入る前に穏やかに眠気が差すことを期待して本を手に取るも、本の内容に夢中になって頭脳明晰となり、翌日のことも考えず夜更かししてしまった経験が誰にでもあるだろう。逆に本の内容に「無」しか見出せないとしたら、あなたは眠気をもよおすにちがいない。『ユリシーズ』に何も見出せないまま、ユングはそれでも読み進めた。

読んで、読んで、読んで、あなたは読んだものを理解したふりをする。ときおりエアーポケットにはまってまた別の文へと進むが、いったん適度のあきらめの境地にいたると、どんなことにも慣れてくる。私もそうで、内心絶望しながら一三五ページまで読み、途中で二度居眠りした。（本書九―十頁）

そして、ユングは深い眠りに落ちることとなる。論文の本文だけ読むと、この一三五ページに何があるのかわからないが、ユングは註において「睡眠薬のように作用した魔法の言葉」であるとして、引用までして作品のどの部分であるのかを明示してくれている。第七挿話は新聞の見出しで区切られているが、「洗練された時代」（A POLISHED PERIOD）と見出しがつけられた一節で、ガブラー版では七六八―七七一行である。

角を生やして恐ろしく、神が人間の姿をした、凍りついた音楽となったあの石像、知恵と予言のあの永遠の象徴は、魂が変形させられたり魂を変形させたりする大理石に彫刻家の想像力や手腕が発揮されて、生きるに値するならば、生きるに値するのだ。（本書五十八頁）

この部分は、登場人物の一人J・J・オモロイが、雄弁さの一例として弁護士シーモア・ブッシュ（Seymour Bushe, 1853-1922）の法廷での弁論を引用したものである。オモロイは「教皇庁」（Joyce, *U*, 7.757）と間違えているが、ローマのサン・ピエトロ・イン・ヴィンコリ教会にあるミケランジェロ作のモーゼ像を引き合いに出したブッシュの弁論である。

ユングはここで深い眠りに落ち、そして再び読み始めると、「戦闘中もしなやかな男、石の角を生やし、石のあごひげを生やし、石の心をもっている」（Joyce, *U*, 7.853-854）という一節が彼の目に留まる。ユングは眠ってしまった理由を次のように明かしている。

これらの文には私の意識が排除していた鎮静作用がある。というのも私がまだ気づいていなかったが、意識が妨害するだけであった一連の思考をかき乱したからであった。のちに気づいたように、作者の視点とその作品の最終目的の手がかりを初めて得たのはこの時点であった。（本書五十八頁）

ユングの意識が排除しなければならないようなコンプレックスが、ユングの無意識のなかにあり、『ユリシーズ』はそのコンプレックスを刺激するものであったのだ。そのコンプレックスに気づいたとき、思考は妨害されることなく、ユングは『ユリシーズ』の理解に踏み出すことができたのである。

そのコンプレックスの源はフロイトである。まさにこの『ユリシーズ』で言及されているミケランジェロのモーゼ像についてフロイトは論文を書いており、それが「ミケランジェロのモーゼ像」("The Moses of Michelangelo," 1914)である。この石像は従来の解釈では聖書に基づき、偶像崇拝をして盛り上がる群衆に怒って立ち上がり、これから石板を叩きつけるモーゼを描いたものとされてきた。しかし、フロイトは聖書と異なる解釈をする。憤怒に駆られて立ち上がろうとした結果石板が落ちそうになったので思いとどまったのだとし、石像は「身を捧げた大義のために心の内での激情と闘い打ち克った、人間にとってできるかぎりの最高度の精神的偉業の具体的な表現」(Freud, 539)であるとする。

この論文は、ユングと決裂したばかりの一九一四年に書かれたものであり、ユングに対して憤怒に駆られているフロイト自らの姿が重ね合わせられていると評されてきた。ユングも当然この論文を読んでいるはずであり、牧師の息子としてフロイトのモーゼ論が聖書の記述とは異なる異端であることも理解していたはずである。愚民に対して憤怒に駆られるモーゼの姿は、ユングのなかでフロイトと重ね合わされる。自らの金科玉条に従うように要求したフロイトがそうであるように、ユングにとってモーゼは人びとを精神的に縛りつける存在となる。そのことは論文の次の一節でも明らかである。

彼の影の側において理想は、創造的な行為でも山頂のかがり火でもなく、軍事教練軍曹か監獄、あるいはある種の形而上警察であり、元々は群衆の暴君的な指導者であるモーゼによってシナイ山の高所で考案され、巧みな策略によって人類に強いられたものである。（本書三十三頁）

さらに同じミケランジェロのモーゼ像が作品に出てきたとき、ジョイスはフロイトと重ね合わせられることとなったのであろう。ユングにとってのフロイトは、すべての精神障がいを満たされない性に還元してしまうイカサマ師である。彼の『ユリシーズ』論は同時にフロイト批判でもある。

それらは相当強力な下剤であって、その効力は執拗頑固な抵抗に遭って必要な根治療法を施されなければ全身に放散するだろう。それは一種の心理的特効薬であり、最も確実で強い成分が必要な場合にのみ使われる。これはその狂信的な一面性のためにすでに崩れかけている価値を侵食するという点でフロイトの理論に共通している。（本書二十八頁）

「狂信的な一面性」とはすべてを性に還元してしまうことなどをおそらく指すのであろう。サーストンが述べるように、「現実によって隠されたこと、猥褻な下腹部を暴くことを求める」（Thurston, 143）「否定の預言者」（本書三十一頁）としてフロイトとジョイスはひとくくりにされることとなる。ブロディが企画する何かに掲載される可能性が消滅したあとでも、つらい思いをしながらも『ユリシーズ』を読みつづけたのは、フロイトに対するコンプレックスに起因しているからかもしれない。

ジョイスはユングに「背」を向けていた。一三五ページまで読み進め、ミケランジェロのモーゼ像についてのオモロイのせりふを読み、「作者の視点とその作品の最終目的の手がかりを初めて得た」とき、ユングは『ユリシーズ』を「終わりから逆に読む」ことにする（本書十、五十八頁）。「背」を向けているのだから、「背」の方から読むべきだと考えたのかもしれない。サーストンが指摘するように、『ユリシーズ』はYesで終わっており、否定ではなく肯定を見出す読み方であるといえよう（Thurston, 139）。

そして作品の読み方、芸術作品に対する姿勢にもフロイトに対する対抗意識が見られる。フロイトは「ミケランジェロのモーゼ像」の冒頭で次のように述べる。

最初に申し上げておいて良いと思うが、芸術に関して私は玄人ではなく単なる素人である。しばしば口にしてきたように、私を強く惹きつけるのは、芸術作品の形式や技術的な性質ではなく、内容である。芸術家にとっての価値は何よりも前者にあるのだろうが。私には芸術で使われている方法や獲得された効果を正しく評価することはできない。このことを述べておくのは、ここで行なおうとしている試みを読者に大目に見ていただきたいと思うからだ。（Freud, 523）

フロイトは芸術作品の内容を重視する。モーゼ像の分析においても手、足、石板の動きや位置に注目して分析をする。文学作品においても同様であり、登場人物の精神的な病いを診断することで、作品を解釈する。右の引用の数段落あとでフロイトは次のように自己満足に浸る。

今では三百年を経たシェイクスピアの傑作『ハムレット』を考えてみよう。私はその精神分析の文学を綿密に辿ったことがあり、その悲劇の素材は精神分析によってオイディプスのテーマまで追跡されて初めて、その影響の謎がついに解き明かされたという意見を頂戴

している。(Freud, 524)

ユングはフロイトに対する対抗心から、これとは違う立場を取る。一九二二年に行なわれた講演を書き起こした「分析心理学と文芸作品の関係について」("On the Relation of Analytical Psychology to Poetry," 1931)において、すべてを性的抑圧に還元してしまうフロイトの精神分析を批判したあとで次のように述べる。

芸術作品を公正に扱うため、分析心理学では医学的な偏見をすっかり取り除かなければなりません。なぜなら芸術作品は病気ではなく、結果として医学とは異なるアプローチが必要だからです。医師は当然病因を探して根治しなければなりませんが、同じくらい当然のこととして心理学者は芸術作品に対して正反対の態度を取らなければなりません。人間に典型的な反応決定因を調べるのではなく、まずは意味を探究し、意味をより深く理解できる場合のみ、反応決定因と関わることになります。(Jung, *CW*, 15, 71)

フロイトは芸術作品に表れる症状、すなわち内容に注目するのに対して、ユングは作品がもつ意味を重視し、意味に関係がある場合にのみ症状を取り上げるべきだと方針を定めるのである。

全集でこの論文の次に収録されている「心理学と文学」（"Psychology and Literature"）の初版は、一九三〇年である。まさにユングが『ユリシーズ』と格闘している時期である。この論文でユングは文学作品を「心理的」と「幻視的」の二種類に分類する（Jung, *CW*, 15, 89）。「心理的」な作品とは人間の表面的な個人無意識を扱った作品であり、誰にでも認識できる心理が表れているものである。それに対して「幻視的」な作品は集合無意識を扱った作品であり、『ユリシーズ』も後者にあてはまる。幻視的な作品の特徴についてユングは次のように述べる。

集合無意識が活きた経験となり、ひとつの時代の意識的展望と関わるようになるときはいつでも、すべての時代において起こることは重要な創造行為である。真に何世代にもわたる人びとへのメッセージと呼ばれる芸術作品が生み出される。（中略）ひとつの時代は個人と同じである。意識的展望には制限があり、それゆえ補償的な調整を必要とする。これは集合無意識によって遂げられ、詩人や予見者が時代の語られていない願望に表現を与え、言葉や行為によって願望充足の道を示すのだ――この盲目で集合的に求められるものが善または悪、時代の救済となるか破壊となるかにかかわらずである。（Jung, *CW*, 15, 98）

『ユリシーズ』論における次の陳述も同様のことを述べており、『ユリシーズ』を読んだことで得られた結論であるといえよう。

真の預言者が皆そうだが、芸術家は知らないうちに彼の時代の代弁者となり、その口からその時代の魂の秘密が語られ、ときには夢遊病者のように無意識のままである。彼は話しているのは自分だと思っているが、その時代の精神が彼のプロンプターであり、この精神が話すことはなんでもそうだ。それが現代の一般に意識されている事実だから（本書三十五頁）。

ユングは『ユリシーズ』が第一次世界大戦中の一九一四年から一九二一年のあいだに書かれたことを指摘し、「それゆえこの芸術家の内なる世界創造主が自らの世界の陰湿な風景を描いたのも不思議ではない」（本書四十六頁）と述べる。まさにジョイスが時代のプロンプターであって時代の精神を伝えている、そして『ユリシーズ』は「私たちの時代の発現」（本書二十三頁）であって、満たされない人びとの「願望充足」をしてくれる作品であると読み解いているのである。

そしてユングは『ユリシーズ』から「頭から二五人の人物が生えているヨーガ行者」（本書四十二頁）を思い浮かべる。作品の背後に回り、作品に見出したYesがこのヨーガ行者の姿である。彼は意識が無意識の世界を包含し、「より完全でより客観的な自己」（本書四十二頁）を表すものであり、ユングは『ユリシーズ』におけるオデュッセウスが「自己」であるとする。陰鬱な世界を超越して新たに生まれ変わる新世界、ユングはそれを『ユリシーズ』から感じとったのである。

結びにかえて

のちに書かれた論文「ヴォータン」（"Wotan," 1936）において、ユングは次のように歴史を振り返る。

一九一四年以前の時代を振り返ると、いつのまにか戦前には思いもよらなかった出来事が起こる世界で暮らしていることに気づく。私たちは文明国間での戦争は寓話であるとさえ考え始めていたし、そのような茶番は理性をもって国際的に組織化された世界においてより一層不可能なものとなるだろうと考えていた。（Jung, *CW* 10, 179）

世紀末から二十世紀の初めごろは、このような希望に満ちた世界であったのだろう。しかしながら一九一四年から第一次世界大戦が始まり、全体主義が強まり大量殺戮が行なわれてしまった。ユングはその原因を北欧神話の最高神ヴォータンになぞらえる。ユングにとってこの神は「嵐と狂乱の神、激情を解き放つ者、戦いを渇望する者」(Jung, *CW*, 10, 182) であり、人間の無意識に存在する元型のひとつである。ユングは次のように述べる。

ヴォータンは時代が背を向けるときには単に姿を消し、千年以上のあいだ目に見えないままであったが、匿名で間接的に働いていた。元型とは川底のようなもので、水が涸れると干上がるが、いつの時代にも再び見出すことができるものである。元型とは古い水路のようであり、それに沿って生命の水は何世紀にもわたり流れ、深い川床を掘ってきた。この水路を流れていた時間が長ければ長いほど、遅かれ早かれ古い川床に水が戻ってくる。(Jung, *CW*, 10, 189)

どんなに平和な社会が達成されたと思っても、醜い元型が姿を現してしまうのは歴史の必然であるかもしれない。ユングは再び水が戻ってくるのは「数年から数十年」(Jung, *CW*, 10, 192) と予想したが、その予想は残念ながら的中し、この論文が書かれたわずか三年後に第二次世界大戦が勃発する。ユングが再び『ユリシーズ』について言及したのは、戦後に書かれたヨーロッパ人の集団的罪過を問う「破局のあとで」という論文においてである。

その精神状態は過去しばらくのあいだ正常であるとはほとんどいえない状態であった。好むと好まざるとにかかわらず、私たちは尋ねざるをえない。国民の心理を反映するすべての手段のなかで最も精度の高いはずの私たちの芸術はどうなってしまったのか？　現代絵画の露骨なほど病理的な要素はどう説明すべきなのか？　無調の音楽は？　ジョイスの底知れない『ユリシーズ』の広範囲に及ぶ影響は？　このように私たちはすでにドイツで政治的現実となったものの芽生えを手にしていたのだ。(Jung, *CW*, 10, 210)

ピカソなどの現代美術とともに、『ユリシーズ』における止まることない意識の流れ、そこにユングは危険な元型の姿を見ていた。そしてユングが警告するように、ヴォータンという元型は決して消滅することはない。

そのことは二〇二〇年代に生きる我々にも痛切に感じられることではないだろうか。論文「ヴォータン」は、二十世紀初頭戦争の可能性など考えられない時代であったことを伝えてくれている。それと同様に、一九八九年に東西冷戦が終結、ベルリンの壁が崩壊して以降、世界大戦など二度と起こらないだろうと我々は思ってきた。しかしながらそれからわずか三十年、ロシアによるウクライナ侵攻により、事態は第三次世界大戦の様相を呈している。破局を避けることはできないのだろうか。

醜い現実からはどうしても目を背けたくなる。集合無意識など存在しないし、ヴォータンなどという元型が私たちに備わっていることなど信じたくないと思う。しかし目を背けてしまうと私たちはあっという間に元型の影響の波に飲み込まれてしまうのである。醜い無意識を認識し、それを包含することによって、ひとは新たな「自己」となる。そしてすべてを超越した理想に辿り着くことができる。

それは月の眼になること、物から解放され、神々にも肉欲にも身をゆだねず、愛にも憎しみにも、確信にも偏見にも縛られない意識になることを願っている。『ユリシーズ』はこのことを説くのではなく実践している。（本書三十八―三十九頁）

醜い現実をしっかり見つめたうえで、このような境地にいたることが、個人の「自己」実現においても必要であるように、社会全体も新たなステージへと進むことが必要である。このことが、『ユリシーズ』を創作したジョイス、そしてそれを読み解いたユングが伝えたいメッセージなのではないだろうか。

引用・参考文献

Brivic, Sheldon R. *Joyce Between Freud and Jung*. Kennikat Press, 1980.

Byrne, John Francis. *Silent Years: An Autobiography with Memoirs of James Joyce and Our Ireland.* Farrar, Strauss and Young, 1953.

Eliot, T. S. "Ulysses, Order, and Myth", *The Dial*, Nov. 1923.

Ellmann, Richard. *James Joyce*. New and Revised Edition. Oxford UP paperback, 1983.

Fargnoli, A. Nicholas. *James Joyce A to Z: the Essential Reference to the Life and Work*. Facts on File, 1995.

Freud, Sigmund. *The Freud Reader*. Edited by Peter Gay, W. W. Norton, 1989.

Garraty, John Arthur, Carnes, Mark C. and American Council of Learned Societies. *American National Biography*. Oxford UP, 1990.

Homans, Peter. *Jung in context: modernity and the making of a psychology*. U of Chicago P, 1979.

Joyce, James. *Dubliners*. Penguin Books, 1992.

Joyce, James. *Letters of James Joyce*. Edited by Stuart Gilbert. Faber and Faber, 1957.

Joyce, James. *Letters of James Joyce vol.II.* Edited by Richard Ellmann. Faber and Faber, 1966.

Joyce, James. *Letters of James Joyce vol.III*. Edited by Richard Ellmann. Faber and Faber, 1966.

Joyce, James. *A Portrait of the Artist as a Young Man*. Penguin Books, 1992.

Joyce, James. *Ulysses*. The Bodley Head, 1986.

Jung, C.G. *The Collected Works of C. G. Jung*. Translated by Richard Francis Carrington Hull. Princeton UP, 1957-1990.

Jung, C.G. *Memories, Dreams, Reflection*s. Recorded and Edited by Aniela Jaffé. Translated by Richard and Clara Winston. Vintage Books, 1973

Kimball, Jean. *Odyssey of the Psyche: Jungian Patterns in Joyce's* Ulysses. Southern Illinois UP, 1997.

Ryf, Robert S. *A New Approach to Joyce: The Portrait of the Artist as a Guidebook*. First Paper-bound Edition. California UP, 1964.

Thurston, Luke. *James Joyce and the Problem of Psychoanalysis*. Cambridge UP, 2004.

Wehr, Gerhard. *Jung: A Biography*. Translated by David M. Weeks. Shambhala, 1987.

※引用の翻訳は筆者による。また、ユングの著書、論文の原題は原則として英語版全集にしたがった。

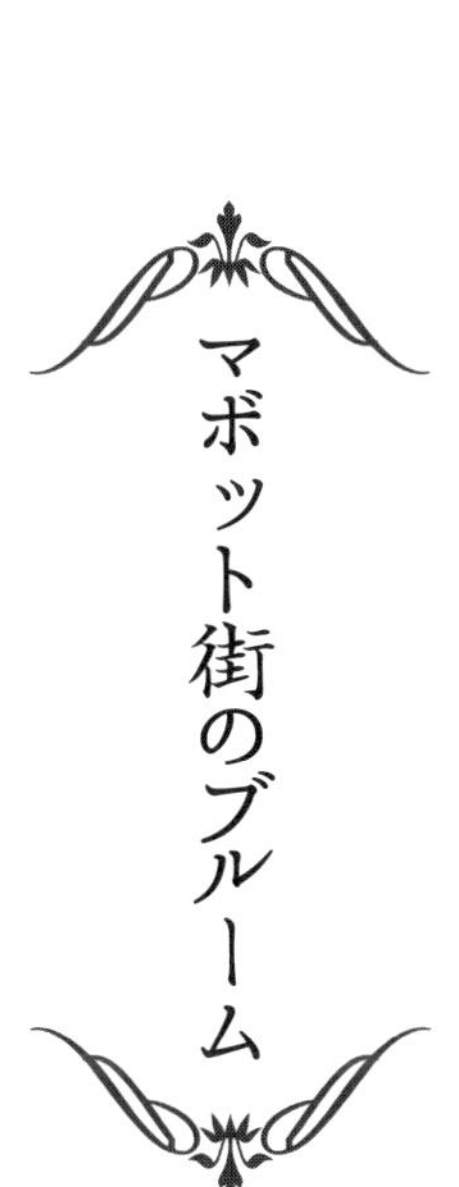

マボット街のブルーム

近藤 耕人

わたしと自己

昔C・G・ユングの『ユリシーズ』論を読んだとき、この小説には主人公がいないという言葉が目に入って頭を打たれたというか頭を空にされ、その後サミュエル・ベケット（Samuel Beckett, 1906-89）を読むようになって、この空な主人公を現代の文学のなかでどう位置づけるか、さらに文学を超えてというか、文学を囲繞（いにょう）して、そこからどう文学を生み出すか、あるいは滅ぼそうとするか、さらに小説を書くときは自分を客観化することが大事だと常日頃作家の小島信夫（一九一五―二〇〇六）に教えられたことにもどう通じるか、いつかそれについて書いてみたいと考えた。一方で感覚意識や下意識、それらを発生させたり沈潜させたりする物質としての身体の主体性が薄れ、今やＡＩロボットで人間を記号化し、さらにロボットに言葉を学習記憶させ、疑似主体となって人間に代わって行動を始めているＩＴ社会環境に旧来人間はどう対峙し、共存していくのか、そういう状況のなかで人間中心の文学はどう対応し、何を求められているのかが切実な課題の時代になってきた。

ユングは『ユリシーズ』を読んで、「茫然とするのは、千のヴェールの裏に何ひとつ隠されたものがない、心にも世界にも向いておらず、宇宙空間から眺める月のように冷ややかに、成長、生存、衰退のドラマの進行を見守っている［…］意識の離脱が目標である」と考え、「意識の超脱」、「人格の非人格化」（Detachment of consciousness, depersonalization of the personality）（本書四十頁）がジョイスのオデュッセウスだと言うのかと自問した。『ユリシーズ』の作中人物は皆ありのままのリアルなひとたちだが、彼らの誰一人として「わたし」（〝I〟）をもっていないという。彼らは皆神の命のままに生きる「はかないの生」だからリアルだが、これらの人物の創造主である「わたし」はどこにも見当たらないとユングは言い（本書四十一頁）、確かに一九〇四年六月十六日に起こるすべてのものはジョイス自身であるが、それは高位の「汝」であって、「わたしではなく」、『自己』（Self）である。自己だけが「わたし」と「非自我」、地獄の領域、内臓も天も受け容れる（本書四十二頁）とする。

アーサー・パワー（Arthur Power, 1891-1984）はパリでジョイスに「貴方は冷たい人間だ」と言ったとき、ジョイスがどんなに驚いて「わたしが冷たい人間」と繰り返したのを忘れない（Power, 49）と書いた。エドナ・オブライエン（Edna O'Brien, 1930-）はそれを感情のない人間（You are a man without feelings）（O'Brien, 161）と言い表したが、ジョイスはフランク・バジェン（Frank Budgen, 1882-1971）に「ユリシーズ（オデュッセウス）は息子であり父であり、夫、恋人、王、戦士、知と行に長けた英雄であり、発明家、そしてヨーロッパの最初の紳士であった」と話した（Ellmann, 449）。そういう全知全能ともいえる人間をモデルにしたブルームが、ここではその裏返しともいえる没個性の男であるということに含まれる。現代人のモデルと小説のヒーローとの関係を考えてみたい。

ジョイスはアーサー・パワーが古典的な神話やロマンティックな小説の明快な筋のある空想的な小説を賛美するのに対して、事実と実際の出来事の重要性を説き、そこから現代の錯綜した理性と人間の意識の世界の幻想的な描出が生まれるのだと言って、『ユリシーズ』のマボット街の娼家の場面がその最たるものだと引き合いに出した。その場面を勝手に想像して描くのではなく、事実を踏まえて書くことから、古典やロマン派のように定まった形にのっとった物語ではなく、人間を取り巻く環境も、それと交錯する人間の意識の錯綜した現代生活の現実性も表現されるのだと言った。

ホメーロスのオデュッセウスの物語は十年にわたるトロイ戦役に勝利して帰国の途次、エーゲ海で神々に翻弄され、十年間死に瀕する苦難を巧知と女神アテーネーに助けられ、故郷イタケーに乞食姿で帰還し、長くはあるが貞淑な妻ペネロペイアの待ちつづけたイタケーの我が家へ、夫、父、王、何よりも一個の人間になって戻るという一貫した筋がある。ジョイスのユリシーズ（オデュッセウス）、ブルームは朝起きてダブリン市内のあちこちを歩き、いろいろな場面に遭遇し、十八時間後に妻モリーの寝るベッドの、妻の背中側、上下逆の姿勢で横たわり、その間モリーは過去の男性遍歴のエロチックな回想にふけっている。

ブルームの唯一の人生の指標は輪廻転生（metempsychosis）という自然の法で、そこには自我（わたし）の空想も情熱もない。自然の摂理の受容、したがって物の知覚、感受の意識、自然の欲望はあって、無常感とは違って日常の生そのままではあるが、その個々の場面の、朦朧とした幻覚の意識状態すら、それを語ったり推量するのではなく、そのまま諸感覚を丹念に感受する。

現在の感覚への忠実さは、思想や観念を排除して持ち歩く内部が空のカメラにも比せられる精神状態の主人公を、一日中ダブリンの街を徘徊させることによって実現させた。冒頭の、オデュッセウスの息子テレマコスに相当するスティーヴン・デダラスがブルームの仮想の息子として登場する場面と、教理問答とも新聞記事とも思える第十七挿話、次のモリーの回想・夢想の最終挿話を除いて、作者は自己の精神を無にしてブルームの身体と感覚になり、しかしそれは作者の分身ではなく、作者がエーゲ海ではない現代のダブリンに、自ら造って歩かせる人形である。製作者のプログラミングに従って判断・行動するＡＩではなく、任意の人間が感覚し、語るが、人間本来の有り様を描くために作家の一部を体現する主人公の性格や趣味ではなく、自然の法に従う一般の男の関心、性欲、外界への反応を述べる。

パワーとの対話のなかでジョイスは現代の文学の目的について述べている。

> 我々の目的は外界の世界と我々の現代の自己（selves）の新しい融合を創造すること、そしてまたプルーストが成したように下意識（the subconscious）の語彙を広げることです。我々はアブノーマルのなかでこそ現実に一層近づくことができると思っています。我々がノーマルな生活をしているときは別の世代の別のひとたちが設計（レイアウト）したパターンに従って型どおりの生活を送っているのです。［…］作家は客観的な物と絶えず闘いを続けなければなりません。不変の特質は想像力と性的本能であり、それに対して形式的な生活はその両方を抑圧しようとします。この現在の葛藤から現代生活の現象が起こるのです。（Power, 85-86, 筆者訳）

ジョイスが『ユリシーズ』について語りながら、潜在意識を語る言葉を増やすことだと言い、人間の変わることのない素質は想像力と性欲だと述べたのは、現代文学のみならず現代芸術の自由な表現、外の世界と人間の自己存在との共生の条件を二十世紀の初めに示したことになる。古典主義とロマン主義を排し、形式を破ったジョイスの自由な創造の場は、古代の神話の英雄が嵐と魔神に揉まれた海のなかで無一物の裸になり、王女の前でオリーヴの枝葉で自分の性器を隠し、礼儀を弁えた人間に還ったオデュッセウスをモデルにした没個性、非人称のブルームということになる。

人間でありながら神話的な英雄に憧れて個を主張したロマン主義を捨て、地上に蠢く虫のような制度のなかで生きる人間のレアリスム、その宗教、法律、家族からも抜け出し、異国、異民族、外国語の社会で、自己存在ひとつを生と創作の条件として年月を投じたジョイスが、人間の不変の質として認めたのが想像力と性本能であるところは、同じ想像力のなかに時間と記憶の意識はあるが、現在の身体に触れる感覚と知覚は暗示的な記号でしかないプルーストとは、意識の言語という共通点はありながらも互いに離反する二つの文学世界である。プルーストの言葉は記憶と想像力によって主人公の人生とその予感の長さを手繰り寄せながら、見えないままに直接触ることなく広がっていく。ジョイスの言葉は記号の意味作用を超えて、音響の世界を構成していくが、その言葉の形と音は、楽譜が音を暗示するように、意味の周囲に言語の身が紡がれていく。それは霧に浮かぶ虹ではなく、塵芥とともに川を流れる精液と糞尿に汚れた下着である。

　ジョイスにとって言葉は神の声でも歴史の遺石でもなくジョイスが異国の生活のなかで耳で蒐集、選択、配列した音符であって、ジョイスの歌となり、そこにジョイスの魂や思想の実が成るというのではなく、彼の声を乗せて流れる言葉の川である。

　このようにジョイスは日常生活で友人と話すときも街の事物を知覚するときも、物と言葉の感覚を敏感に感受し、創作の可能性のある言葉を収集し、彼の頭と身体は慣習的な感情、情緒を排した語の宝庫となっている。ユングが"I"でなく"the Self"（Jung, 14-15, 本書四十一―四十二頁）であると言ったのは、日常生活の人間の主語「わたし」（I）ではなく観念的な自己（the Self）、周囲に反応する自分の身体ではなく、構文法（シンタクス）で扱われる対象化された一人称になっているという意味である。ユングがブルームの「自己」はより高次な意味の「おまえ」（"thou" in a higher sense）であるというのは、ブルームはあくまでありふれた中年の広告取りであって、スタンダールの『赤と黒』の主人公（ヒーロー）ジュリアン・ソレルのような自己主義者（エゴティスト）、ナポレオンを崇拝する自己のアイデンティティを主張する特権的なわたし（I）ではなく、市井の客観的な他者の一人、しかし「より高次な意味の〝おまえ〟」であるということだ。「意味」と言ったのは「主人公（ヒーロー）」に代わる他者の意であろう。英雄オデュッセウスはエーゲ海で神々に翻弄され、陸地の故郷イタケーに戻ってやっと夫であり父である人間「わたし」に還る。そこからオデュッセウスは地上の生活者に戻るわけだが、ブルームは家を出て我が家のダブルベッドに戻るまでは誰でもその場を占められる一人の中年男である。たまたま選ばれたひとつの視点、一人の男の肉体と感覚である。そして自分のベッドに戻っても歓迎されることはなく、妻モリーの背中側、上下逆さまの姿勢の半分の夫、男でしかない。いずれは腐って川から海に流れ、魚の餌となり、魚は死んで海に溶け、蒸発して雨になる。その任意の空の場所がブルームの自己（the Self）である。それだけが「わたし」も「わたしでないもの」も地獄も内臓も、我が家も天も包含できるとユングは言う。

　神から自由になった人間は思想と欲望で「自己」を確立しようとし、つねに地獄の業火から抜け出そうと、ロマンスや革命で夢を実現したと勘違いしながら、誤った情報と知の過信によって分解し、心身もろとも実の感覚も欲望も損われていく。現代人はより高次な「おまえ」となった存在どころか、ネット社会のプログラムに置き換えられた没個性の「自己」となっている。その意味で、言葉の収集の習慣で通常の情感とは離れたジョイスが創作した主人公（ヒーロー）ユリシーズ＝ブルーム、意識の超脱者とともに、読者は行く先も知らずに沢山の経験を圧縮した一日を過ごす。ダブリン人の日常の語り口で呪文のように滑らかに朗読すればいい[1]。外国人には聞き取りにくいが、現代のホメーロスの語り部となって、ジョイスが並べた語音を追うのである。

そのとき、読者、朗読者はそれぞれ「わたし」個人の目で見、「わたし」個人の意識で世界に触れるのではなく、個人の意識を超脱してこの本を覆う霧のなかでゆらめく「世界意識」をオデュッセウスの目で見ているのだとユングは言う。私は以前これを「不在の視覚」と読んで、現代は個人の視覚を離れて社会に偏在する映像装置が撮影送信する画像に囲繞（いにょう）された環境になったと話したことがある。無人のカメラが世界を隈なく写し、人間は日夜その映像を見て、それを自分の生きる現実と錯覚する摩（す）り替えられた世界に今や我々は生きている。ジョイスはそれ以前に人間個人の情感から離反した世界無感覚の意識を『ユリシーズ』の言語空間に創出したことになる。

この人間意識を離れた世界意識とは何か。その秘密は小説の個人読者にはわからず、読者がテクストを読む間にオデュッセウス＝ユリシーズの目で自分の世界と自分の心を見た者には明らかになるということ。舞台の役者はそのせりふと演技をとおして、観客は一時的に役者の身（み）に我が身を重ねることはある。その役者が戯曲中の人物を模倣、創造しようとして、舞台と客席をリアルに見ながら作中人物に乗り移るのはせりふと身体を一体とする演技が要る。だがブルームは意識を離脱している。そういう主人公の目が世界を見ることが世界意識であるとユングは言う。意識は人間の脳に生じるものだが、人間の身体に発する感覚が世界の事物に反映したり、蓄えられたり、色、影、傷、腐敗の変質を受け、「わたし」以外の他の人間の意識を蓄え、それを漂わせ、発している。動物ならずとも石でも木でもそれ自体の時間と生死の顔がある。「わたし」が意識を離脱したとき初めて、世界はそれ自体の顔を無意識に現すだろう。その無意識の現象こそが、世界の真の相貌である。神話でもロマンスでもなく、あるがままの世界の受容である。美も醜も、天国も地獄も合わせもっている。人間が見、感覚する世界が人間の意識に染まらないはずはないが、そして作家の言葉がそれを描出する限り、作家、そして主人公の感性は対象の世界の表象とその雰囲気に移る＝映るものだが、先入観なしにいきなり世界が目の前に現れたとき、映画館に座ってスクリーンを見たり、ギャラリーに入って絵を観るのとは違って、本を読んでページに描出される場面を想像するのは、読者の外の感覚から離れて、「わたし」のなかに見えてくる。話が、映画のモンタージュよりも前後から断絶して展開する場面は、突然の出来事のように、物語とは違う筋のない日常の生活か冒険の連続のように、世界が他人事のようにそこにある。

作者は誰か

ミシェル・フーコーは「空間の言語」(『作者とは何か?』、一一九頁)のなかで、「書くこと」(écriture)が数世紀にわたって時間に則(のっと)ってみずからを秩序立て、それが同じひとつの線——ホメーロス的な回帰の曲線と、ユダヤ的な予言の実現の曲線のなかに捕えられていたという。「書くことは起源への回帰、最初の瞬間を取り戻すこと。類比、同一、独自性（アイデンティティ）に文学は特権を与えつづけてきた。[…]二十世紀はこの類縁関係が緩み、ニーチェの永劫回帰はプラトン的な記憶の曲線をきっぱりと囲い込み、ジョイスはホメーロス的物語の曲線を閉ざし、[…]言語とは空間的事象である」(同、一一九―一二一頁)と言った。プルーストは記憶のなかに時間と空間を追求したが、それは現在の時間に回帰した。カフカはどこまでもあきらめずに時間と空間を追求したが、その果てには理不尽の権力の鉈による死が待っていた。ジョイスはオデュッセウスの十年間のエーゲ海の放浪を、ダブリン市内の自宅を朝出て夜中過ぎに妻とのダブルベッドに戻るまでの一日の行程に縮めた。冒頭でスティーヴン・デダラスはマーテロウタワーから眺めたダブリン湾をエーゲ海に見たてが、昼から夜へかけてのあちこちの寄り道は、現実の空間というよりも幻想の空間といえる。そこには一貫した（コンスタントの）「わたし」がいないからである。奥行きの感覚と時間の進行は「わたし」の意識の連続から生まれるものだ。

　ブルームは自宅に戻ったとはいえ、妻のモリーは反対側を向いて男性遍歴の回想にふけり、ベッドの上にはモリーの過去の意識があるのみである。最後はブルームとの初めての性交の歓喜の言葉 Yes で終わるが、ブルームの意識はその前で途切れている。ブルームの生の未来は和解のセックスではなく、輪廻転生であるが、そのときブルームは魚の餌食となり、やがて蒸気となって雲になろうとする。

最後の第十八挿話はジョイスが書いた『ユリシーズ』創作工程表の身体器官名は「肉」だが、ブルーム夫婦のダブルベッドにモリーの肉体はなく、女の膨らんだ性欲の意識が部屋中に充満している。モリーの肉体は恋人ボイランの元にあり、夫ブルームの元に残るのはホース岬で抱き合ったときのエロティックな思い出のイメージだけである。背中合わせで上下逆に寝たブルームの身体は宙に浮いたままで小説は終わる。オデュッセウスが我が住居に戻ると渾身の力を籠めてわれの存在を証明して見せるのに対し、現代のユリシーズは我が家に帰還して非人称の空無になる。互いに逆向きに横たわるブルーム夫婦の寝姿を創作工程表に示す〝∞〟記号は二人の翌日の和解の性交を暗示する象徴であるとする読み方があったが、これはむしろ作者ジョイスがブルームを代理人として自己を消滅させたもので、ジョイスが創作したモリーの虚構的言語作用（パロール）に自己存在を浮遊させたもので、ブルームの「わたし」の意識は文字どおり肉体を離脱し、ブルームの身体言語存在はないのである。

かつてトレヴォー・ドッド(2)は『ユリシーズ』の主題は言語であって、ジョイスはそれを女に具現させ、追求したのだと私に教えてくれた。モリーの肉体は大きな乳房以外には表象されていないから、ジョイスは最終挿話でのモリーに昔の男性遍歴を語らせ、モリーの性欲を自由奔放な女言葉の肉に含ませ、そこから背中合わせにブルームとともに離反し、空になった自己を

Yesと確認しながら、やがてフィネガンの通夜に蘇ることになる。

『ユリシーズ』全挿話のなかでジョイスが最も自由奔放に幻想の舞台で遊び、生と死、現実の表と裏、自分の身体と意識も他者の言葉に対象化して眺め、虐げ、自分は芝居の演出家になって役者と舞台を支配し、自らも死んだ振りをするのは第十五挿話の「キルケー」である。ジョイスは『ユリシーズ』全体もこの挿話のようにダブリンを素材にして夢幻的に構想し、操作して遊んだのだ。中身の人間と言葉の触れ合いはトリエステの生活の肌触りを織り込み染み込ませて、神話のエーゲ海からブルームの若い時代を思わせるスティーヴン・デダラスの母親の亡霊の涙を汲み、地中海の子宮の出口ジブラルタル海峡に及ぶ世界を構成していると思われる。

夜中過ぎ、マボット街の娼家での幻覚の場面は、「この本〔『ユリシーズ』〕の他のどこよりも、多分最後の挿話の場面を除けば、わたしの考えでは一番現実に近づいたのだ、〔…〕大騒ぎ感(センセーション)を出すのだ、幻覚までもっていって」とジョイスはパワーに話した(Power, 86)。作者ジョイスが「わたし」を空にし、他者のブルームを主人公にしてダブリンを彷徨し、最後にカッコー(妻を寝取られた夫)の巣である娼家街に入り、この小説の最初の主人公であった詩人、スティーヴン・デダラスとともにさらに空になって幻想劇中のブルームに変身し、主人公の空を極めようとする。教会と国家に代表させた因習的客観世界との格闘を続けることこそ作家の使命であり機能であると言うジョイスが、その永遠の資質は想像力と性本能だと述べた(同)が、その二つを縦横に展開させたのがこのマボット街の茶番劇である。ユダヤ人のブルームがカトリック支配のダブリンの悪の巣窟で、夜中の十二時過ぎに酒と性欲にまみれて鰐（わに）、豚、仔牛、牝山羊、亀の悪態を演じる場面のなかで、名もないブルームは死んで臨終の鐘が鳴り、聖歌が歌われる。火葬の薪の山が積まれ、樫の木の額縁から一人のニンフが現れ、イチイの木々の下を通り、ブルームを見下ろす。イチイの木の葉叢が囁く。ブルームは海亀になってニンフの膝のあいだに頭をもたげる。

ブルーム

（頭を押えて。）おれの意志の力が！　おれの記憶力が！　おれは罪を犯した！　おれは苦し……

（涙を流さずに泣く。）

ベロー

（嘲る。）泣虫め！　鰐（わに）の空涙か！

（生贄の目隠し布をぴったりかぶせられたブルームは、打ちひしがれ、大地に顔をつけてすすり泣く。臨終を告げる鐘の音が聞こえる。割礼を受けた人々の影が黒い肩掛けをはおり、麻の懺悔服をまとい、灰をかぶって、嘆きの壁のそばに立つ。［…］）

割礼を受けた人々

（暗いしわがれ声で聖歌を歌い、花ではなく、死海の果実を彼の上に振りまく。）《いすらえるヨ、聴ケ、主ナルワレラノ神ハ唯一ノえほばナリ》。

多くの声

（溜息をついて。）じゃあ、あいつも死んだのか。まあね。まったくなあ。ブルーム？　聞いたことがないね。ない？　妙な男さ。未亡人がいるよ。あれかい？　うん、そう。

（妻の殉死用に積み上げた薪の山からゴム状樟脳の炎が立ち昇る。薫香の煙が柩覆いのようにひろがり、あたりを覆い隠し、薄れて行く。樫の木の額縁から一人のニンフが現れる。髪をといたままの姿、紅茶いろのアート・カラーを軽やかにまとい、岩屋から降り立ち、枝をからみ合せるイチイの木々の下を通り、ブルームのそばに来て見おろす。）

イチイの木々
（葉むらがささやく。）お姉様よ。あたしたちのお姉様よ。しいっ！

ニンフ
（そっと。）死すべき定めの者よ！（やさしく。）いいえ、嘆くではありませぬぞい！

ブルーム
（枝の下を、木漏れ日を浴びながら、威厳をもって誇らしげににじり寄る。）この恰好。こうしなけりゃならんだろうとは思っていたが。習慣の力ってやつか。
（Joyce, 3217-3240,『ユリシーズ』Ⅲ、五十六―五十八頁）

酩酊しているスティーヴンが見る母親の幻像は、この小説の冒頭でスティーヴンがダブリン湾を見渡す砲塔の上で思い出す夢に現れた母親よりずっとリアルである。

母親

（目を光らせて。）悔い改めなさい！　おお、地獄の火が！

スティーヴン

（あえいで。）やつの非腐食性昇華物か！　死肉をしゃぶり食らう者！　生首に血まみれの骨だ。

母親

（いっそう顔を寄せて灰の息を吹きかけながら。）気をおつけ！（黒ずんでしなびた右腕をあげてゆっくりとスティーヴンの胸を指し、指をのばして。）神さまの御手に気をおつけ！

（緑いろの蟹が悪意に満ちた赤い目をして、にやり剝き出した鋏をスティーヴンの心臓の奥深くにぐいと突き立てる。）

（Joyce, 4220,『ユリシーズ』Ⅲ、一三四－一三五頁）

「緑いろの蟹が悪意に満ちた赤い目」（Joyce, 4320,『ユリシーズ』Ⅲ、一三五）は小説冒頭の「よどんだ目」（Joyce, 273,『ユリシーズ』Ⅰ、二十九頁）より、動物に変身、変色した目、人間ではない他者の目に代わったことで、威力をもっている。スティーヴンと母のあいだは血のつながりではなく、あいだに空を挟んだ他界の生物の目、人間の代理者の超越した視線を差し向けているので、役者の目よりも恐ろしい。

ブルームもスティーヴンもよろける身体はあっても心は上の空で、まさに意識は変転する幻想のなかで空になっているが、その幻の現れ方は二人の潜在意識を、昼間のまともな意識よりも濃厚に表現しているといえる。空なる意識は、エーゲ海の魔女キルケーに弄ばれるオデュッセウスとその部下たちよりもはるかに世界の歴史や政治の暗喩に満たされているが、それらはブルームもスティーヴンも自己の意識というよりも、人間の本能と世界の動きが彼らの存在を生かし、また死なせる一時の流れであり、神の掟でもある。ブルームの輪廻転生は、翻弄されエーゲ海の波浪に揉まれ、女神アテーネーの力で大地の人間に還ることができたオデュッセウスに比べると、アジアの果ての自然の循環にははるかに及ばない。

芝居の演出家は舞台の上の役者のなかに入りながら演技を作り上げていくが、そのうちの一人の役者になり切ることはなく、役者たちの外にあって全体の役者を眺め動かし、自分は幕の陰に隠れて姿は見せない。芝居全体が演出家であり、作者である。ジョイスは一人の役者よりも舞台の背後に隠れた演出家に身を置き、自分は見えない姿で舞台を動き回る。そのときジョイス自身も動かし総括する演出家は言葉である。言葉には自己意識はなく、その言葉を発する人間、物、事象に作家が意識を付与するので、ジョイスはイチイの木にも滝にも自動ピアノにも喋らせる。その幻想芝居の状況は、主人公に人格をもった自己意識を植えつけて運命を切り拓く小説の空間よりも演劇の世界に近い。言葉の音とリズムを操るから作曲家でありオーケストラの指揮者でもある。両者と作家には共通するものもあり、ワーグナーが音楽に劇的世界を導入したように、ジョイスは小説を演劇と音楽を総合したオペラに近づけたともいえる。そしてこの中心主人公を空にして眺め、それをめぐって世界を回転させるのは、空なる人間を主体のない映像や言語が取り巻いて、自然と人間の歴史を人工化しつつある現代の環境に近くなっている。彼の造語的な言葉の奥に個々の楽器を追求するのは困難とはいえ、現代の騒音は古代、中世、近世よりもはるかに多様になり、自然の響き、人間の音声や楽器よりは音源不明の音響に溢れている。

ジョイスは『ユリシーズ』の創作・構成に当たって人間の胚から人体各器官にいたるまで、内臓の名を連ねていたが、作品自体はユリシーズ＝ブルームの身体図形を示しているわけではなく、文体の解体と集合の主語生体なのである。

作家の不在

ミシェル・フーコーは「作者とは何か？」（『作者とは何か？』十一頁）の論考の書き出しにサミュエル・ベケットの文「だれが話そうとかまわないではないか」を引用して、「この無関心のなかに今日のエクリチュールの根本的な倫理的原則が明確な姿を見せている」と言う（『作者とは何か？』、十一頁）。

わたしはここにいる、わかるのはそれだけだ、それもまだわたしじゃない［…］ここ、ここではなにも起こらない、ここには誰もこない、何日も、出発、物語、明日のことではない。そして声、どこから聞こえようと、死んでいる。[3]（筆者訳）

これはベケットの生涯の文学の、そして彼の生の現実であったのだろう。原点でも目標でもなく、誕生でも死でもない、「現在」である、さすがに書くことの現在を否定することはできない。

ユングは「（『ユリシーズ』は）心にも世界にも向かわず、宇宙空間から眺める月のように冷ややかに、成長、存在、衰退のドラマの進行を見守っているということである。［…］（『ユリシーズ』は）月の眼になること、物から解放され、神々にも肉欲にも身をゆだねず、愛にも憎しみにも、確信にも偏見にも縛られない意識になることを願っている」と言い、『ユリシーズ』の眼で自分の世界と自分の心を見つめた者に明かされる新しい世界意識の秘密である（本書三十九頁）と論じた。

ユリシーズ＝ブルームの目は視覚の裏に人間の様々な潜在意識を投影して見ながらその符合を確かめ、それに言葉を当てはめ、そこに現れ出る幻覚は正常な意識から外れ、逆転させながら、歴史、神学、政治の言葉が織り込まれ、歌となってひとの耳に届く。声は耳を響かせ、善悪、美醜、正邪、生死を裏返す意味を孵化させ、娼家の女主人とブルームを性転換させ、見えない幻想を実の言葉で具象化させるが、ブルームのせりふにふとキーツ（John Keats, 1795-1821）の『エンディミオン』（*Endymion*, 1817）冒頭の一句「美の化身[4]」（A thing of beauty）が入りこんで、空になったはずのブルームの頭に作者ジョイスが思わず顔を出したりする。

ユングの言う「事物を離脱した月の眼のような新しい世界意識」とは空なる言葉、様々な観念や信念、想念を無化した、零に近づく言葉、消えなんとする意識の光だろうか。人間の最期の知覚が光よりも音であるといわれるが、それは微かな息、空気の震えで、それが声であるなら母音であるよりは無声音のｓであろう。

ユングは『ユリシーズ』の一九〇四年六月十六日のすべてがジョイス自身であり、その一日の出来事の不滅の同時性を包含する彼の解放された意識はそれに向かって「それもおまえ」（Tat twam asi ― "That also art thou."（本書四十二頁）と言う。その「おまえ」は「わたし」ではなくすべてを包含する「自己（セルフ）」であるという。

ユングは講義の後で聴衆の一人に「自己」とは何かと訊かれて、「ここにおられるすべての人、皆さんが、私の自己です」と答えたという（河合、二二七頁）。「個性には二つの主要な面があり、ひとつは内的・主観的な総合の過程、他のひとつは客観的関係の過程である」（Jung, *Psychology of Transference*, 234, 河合、二二七頁）というのがユングの説明であるが、意識的な自我、ego（エゴ）「わたし」と、意識も無意識も包含した総合的な「自己」が、ユングの言う「新しい世界意識」であろう。そのような総合的な自己は、「わたし」の心も外界の、ここではダブリンの街と人間の知覚も含んでいるから、一人の主人公の「わたし」ではなく、ブルームからも一日のダブリンからも離れ、その歴史、宗教、政治も含んだ作家ジョイスの内外の偏在意識がそのつど言葉を見つけ、並べ、歌い、振り撒いて歩く。それはそれとしてブルーム個人の「わたし」ではなく、ジョイスの「わたし」でもない。この空所（ヴェイカンシー）、そこを埋めるのは読者の知識、感性、想像力だが、読者は主人公、あるいは作中人物をとおしてその空所を満たすのではなく、ユングの言葉を使えば、「月の眼で」照らし見るのである。言葉は物を見るだけの色と形ではなく、その音と意味を知り、想像し、感じる、楽譜に勝る魔法の印字である。それが歴史に伝わる知の鍵ではなく、街で買った品物、目で見た光景、耳に入った声であったとすれば、その言葉は作者の口から語られ、手で書かれた記号というよりも、町のあちこちで聞き取り、拾い集めた世界の断片である。しかしそれらは新聞やチラシ、広告、テレビや携帯電話から写した無人のメッセージの言葉ではなく、息に形どられ、舌で飛ばされた湿りがあり、肌触りがある。それらはユングの言う、作家でも作中人物でもない、世界の意識といえるかも知れない。それは吟遊詩人ホメーロスの朗誦から切り離された書物『オデュッセイア』の声であり、現代の情報社会環境のなかで、書き手も発声者も不明の世界での文学の有様を先取りしていたことになる。ジョイスは国も家も宗教も捨てて、ホテルのメイドと駆け落ちし、ヨーロッパ大陸で職を探し、トリエステの多国語、他人種の町で英語の教師をしながら『ユリシーズ』を書き始め、戦争を避けてチューリッヒへ、さらにパリへ移って書きつづけた。言語の坩堝（るつぼ）に浸り、愛し、生き抜いた。

ホメーロスはギリシャ各地の町の伝説に残る吟遊詩人であったという説があるように、ジョイスはバスタブに浮かべたブルームの「わたし」の裸体を離れて作者の姿を消し、何千という精子のひとつに我が子孫の成れの果てを想う。以後ブルームの姿が再び浮かぶのはズボンのなかで射精された精液と墓場に埋められた幻想である。その精液は海岸の岩の上で脚を開いた少女ガーティー・マクダウエルに届くことはなく、娼家では娼婦の姿になってブルームをからかう。娼家街の幻想場面では現実のブルームの体臭のある身体は見えなくなり、言葉が街の喧騒のように残り、そこに読者が紛れ込み、その言葉が読者自身の声になって口から発せられるのを待っている。舞台と違って小説の作中人物たちは声を出さず、読者は自分の頭のなかで人物の声を追い、それを聞くことなく聞いて読む。声を発する人物のイメージはページの上に漂う。

フーコーは先に引用した、書いたものの作者に対するベケットの無関心のなかに、「今日のエクリチュールは表現（エクスプレッション）という主旋律（テーマ）から解き放たれた」（フーコー、二十頁）と言った。さらに第二の主旋律としてギリシャの物語や叙事詩以来英雄の不死性が原則で、死を祓い除けるための物語であったのを、我々の文明は変貌させ、「今やエクリチュールは、供犠に、生の供犠そのものに結びつき、[…] エクリチュールを通して自分の作者を殺す権利を受け取った」（フーコー、二十二―二十三頁）と言ってフローベール、プルースト、カフカの名を挙げている。このあとには当然ベケットがいる。

ジョイスのマボット街の幻想場面からベケットの無人の独白にいたる時間は長いようにも見えるが、現在の我々までには百年経っていても、ベケットの「反古草子」（一九五五）までは三十年しか経っておらず、現在それが日常のエクリチュールになっているのを見れば、ベケットは七十年前に予感どころか自ら経験実践しており、ジョイスはさらにその三十年以上前に仮

構のなかに実現していたことになる。

モーリス・ブランショ（Maurice Blanchot, 1907-2003）は「この小説家［ジョイス］は、きっと、マラルメがその生命を使い果たしたのと同じ諸問題をおのれに課することだろう。そして、おのれのうちに様々な特異な変形を実現し、ことばから、おのれがそこでは死にゆかねばならぬ沈黙を引き出すために生きることに、よろこびを覚えるだろう」（Blanchot, 196, ブランショ、二三七―三八頁）と言った。

そうして現代は人間の身体を通る言葉よりも媒体を抜けるコピーのフレーズの方がはるかに伝播と影響の力をもち、英雄的な個人の弁舌よりも、作者不明のコピーが何千何百万という無名のネット閲覧者の、声ではなく指の動作で映像の如くスクリーンに映し出される文字の影が絶えず点滅しながら、網膜に印字ではなく印象づけ、その断片が反古草子の上に留まる、作者とともに時制（テンス）も無効のフレーズが溢れる、幻像の世界になった。

引用・参考文献

漢数字は日本語版、英数字は原書のページ数。

Blanchot, Maurice. *Faux pas*. Gallimard, 1943.（モーリス・ブランショ『踏みはずし』粟津則雄訳、筑摩書房、一九八七年）

Ellmann, Richard. *James Joyce*. Oxford University Press, 1959.

Foucault, Michel. *Quest-ce qu'un auteur?* Société française de Philosophie, 63e année n° 3, juillet-septembre 1969.（ミシェル・フーコー『作者とは何か?』清水徹・豊崎光一訳、哲学書房、一九九〇年）

Joyce, James. *Ulysses, Student Edition*. Penguin Books, 1986.（ジェイムス・ジョイス『ユリシーズ』Ⅰ・Ⅱ・Ⅲ、丸谷才一・永川玲二・高松雄一訳、集英社、一九九六―一九九七年）

Jung, C. G. *Psychology of Transference, Vol. 16, Collected Works of C. G. Jung*. Pantheon Books.（河合隼雄『ユング心理学入門』培風館、一九九六年）

O'Brien, Edna. *James Joyce*. Penguin Putnam Inc., 1999.

Power, Arthur. *Conversation with James Joyce*. Lilliput Press LTD, 1999.

註

（1）一九九五年中国北京で『ユリシーズ』が長い発禁の後初めて蕭乾（しょうけん）・文潔若（ぶんけつじゃく）共訳中国語版が訳林出版社出版されたのを記念して北京で開かれた国際会議に私が出席した際、ダブリンのジェイムズ・ジョイス文化センター所長で当時アイルランドの上院議員であったロバート・ジョイスが、『ユリシーズ』の一節を朗読した。低音の、呪文を唱えるような柔らかい滑らかな音声に呪縛された。ジョイスの文はアイルランド人が読んで初めて実現する音楽的な言語世界であることを知った。

（2）Trevor Dodd. 筆者は一九七三年から一九七四年にかけて一年間、ロンドン大学学外教育講座で、ヨーク州出身のシェイクスピア学者、トレヴォー・ドッド博士によるジェイムズ・ジョイスの『ユリシーズ』と『若い芸術家の肖像』のセミナーに参加した。デヴォン州の農業学校で開かれたサマースクールの『ユリシーズ』のゼミで、ドッド先生は私に、『ユリシーズ』のテーマは言語で、ジョイスはそれをWomanに具体化させて書いたのだと教えてくださった。私は目眩を覚え、文学の世界が逆転したように思った。小説の主題が言語だなどとは考えたこともなかった。ジョイスの入門者だった私がとにかくあきらめず、そのヒントを手掛かりに進んでこられたのはドッド先生のこの一言であった。ドッド先生はまた「キルケー」挿話の冒頭に書いてある“Rare lamps with faint rainbow fans.”という朧な情景を説明して、「これはガス灯の下には娼婦が立っている情景だ。ダブリン湾から漂う夜霧のなかで娼婦が大きな羽根の扇をあおぐと霧の粒が虹色に染って見えるのだ」と色街の秘密をそっと明かすように教えてくれた。此処には"I"の密やかな扇のそよぐ霧と風の動き以外には霧も娼婦も書かれてはいない。見えない姿の微かな気配にこそ、名詞の指示する名や形よりも生きものが闇に包まれて醸し出すリアリティを感じさせる。当たり前のことではあるが、事実を知らずに、あるいは想像できずに、辞書の訳語だけを頼りに外国語文学を翻訳することは難しいことである。その一行の日本語訳「淡い虹の光をひろげるまばらな街灯」には霧も扇も娼婦の身振りもない。扇は要である。それがあおぐ霧の虹のイメージは、これから始まるマボット街の幻想のドラマ、虹はあるようでない、そこに映る虚空の情景の源泉であるエロスの展開の予兆である。ブルームはガスの炎に誘われて飛び入る蛾の黒い影であり、それは若いスティーヴン・デダラスの『肖像』の本の終わりで、明け方彼がまるで天使長から受胎告知を受けたような精霊に触れる経験をすると、狂気に目覚め、珍奇な植物が花開き、一匹の蛾がすっと飛び立って行った(*A Portrait of the Artist as a Young Man*, Penguin, 1960, 216.『若い芸術家の肖像』大澤正佳訳、岩波文庫、二〇〇七年、四〇五頁)のに対し、今やデダラスを伴い、彼が中年になった姿を想わせるブルームはエロスの開いたガス灯の虹の花に飛び込む蛾となっている。娼家の女主人ベラのいじくる扇がブルームと会話する。(Is me her was you dreamed before? Was then she him you us since knew? Am all them and the same now me?)人称がバラバラで、「あんた」も「あたし」も「かれ」も一緒で、"I"はなく、それでいて皆同じか、幻か、Nes Yo (Yes No のもじり)である。(Joyce, 430,『ユリシーズ』Ⅲ、二一二)

(3) Beckett, Samuel. *Texts for Nothing* in *The Complete Short Prose 1929-1989*. Edited by S. E.

Gontarski, Grove Press, 1995, 109-113. *Nouvelles et textes pour rien*. Minui, 1958, 143-152.

（4）Keats, John. *Endymion, Book 1, A Thing of Beauty*. “A thing of beauty is a joy for ever,” M. H. Abrams ed. *The Norton Anthology of English Literature*. Six Edition, W. W. Norton & Company, 1993, 772.

ジョイス一家が住んでいた家　ダブリン　1973年撮影
(©Kojin Kondo)

訳者あとがき

小田井 勝彦

このたび新たに翻訳したユングの論文「『ユリシーズ』——心理学者のモノローグ」は、一九三二年九月に *Europäische Revue* という雑誌の八号に掲載され、その後『こころの構造』(*Wirklichkeit der Seele*, 1934) に収録されたものである。論文が収録された同書は、一九五五年に江野専次郎（一九一三–五六）の翻訳により同タイトルで日本教文社より出版されている。既訳の出版より七十年弱の月日が経過しており、ユングを再評価する声が高まっている今、一五〇部のみ刷られた私家版の英訳をもとに新たな翻訳を発表することにした。その翻訳と訳者解説を合わせた本書を『ユング、『ユリシーズ』を読む』とした。

私はジョイシアンである。作品を退屈だとか、無であると言われ、統合失調症の傾向があるなどと指摘されるのは、ジョイス自身同様、決して良い気分ではない。ユングとジョイスの関わりについてこれまで充分に論じられてこなかったのもそれに起因しているといえよう。ユングが『ユリシーズ』を苦しみながら読んだように、私も苦しみながら訳したと告白しなければならない。

しかしながら、この論文の背景にあるものを調べていくうちに、様々なことが透けて見えてくることとなった。まずはユングとジョイスの人生におけるシンクロニシティ。そして、ジョイスの作品に対する自己弁護、精神の病であると信じたくないという娘ルチアに対する愛情、さらにはユングのフロイトとの確執。これらの泥臭い人間ドラマを目の当たりにして、私はようやくこの論文を楽しめるようになった。

ユングについてはあまり知らないジョイシアン、反対にジョイスについてはあまり知らないユンギアンにも配慮した結果、少々わかりきったことを書き連ねたかもしれない。読者を退屈させないことを願うばかりである。時間の許す限りなるべくたくさんのユングの著作、関連本を読んだつもりであるが、ユングについての理解が不充分であるというお叱りは潔く受け入れるつもりである。

この本は『ユリシーズ』出版百年という節目をお祝いしようという意図で企画されたが、遅れてしまった。それにもかかわらず企画を継続し、原稿を辛抱強く待って下さり、出版の機会を与えていただいた小鳥遊書房の高梨治さんと編集を担当してくれた林田こずえさんに末筆であるが感謝申し上げたい。

訳者あとがき

近藤　耕人

この本の原書は *Ulysses: A Monologue* by C. G. Jung, 1934 で、Folcroft Library Editions から一九七二年に W. Stanley Dell の英訳で出版された論文の全訳に解説を加えたものである。本のサイズは 36 × 26cm という大判の黒いレザー装丁、中はタイプライター印刷、一五〇部限定とある。翻訳の英文はなかなか重厚で、原文の微妙な意味のニュアンスを丁寧に汲んで表現しており、それを日本語に訳すのには大胆な知の転換が必要であった。

昔この本を神田の洋書店で入手して読んだとき、初めの方で『ユリシーズ』には主人公がいないという文に遭遇して唖然とした。意識の流れとか精神分析とかの用語が新しい文学批評の方法や医学の分野を拓く指標となり始めていたころで、この本はしっかり読んで将来の道標としなければいけないと思ったものである。それにはまず『ユリシーズ』を読まなければならない。それはまた至難の厳しい高峰であった。この本はいつか機会があれば日本語に訳したい、訳さなければならない本だと心に決めたものの、いつしか時間は何十年と過ぎた。やがてジョ

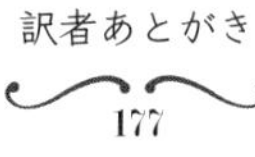

イス関係の書籍は大学図書館に寄贈する年齢になり、空いた書棚の虚しさもいつしか別の書籍で埋まった。それにしてもあの本、つまりこの本は後に残してなお翻訳の機会を窺うべきであったと後悔を味わうある日、我が書斎の本棚の谷間を覗くと、薄くはあるが大判の黒レザー表紙が背を斜めにして崩れ落ちた雑誌類のなかにないあしをつけ、本棚にもたれかかっていた。

ユングが物と人間、他者と「わたし」、それを総合する「自己」の、離脱と作者不在の言語作品を、ホメーロスのオデュッセウスと対比させながら、超越した創造力を透視する驚くべき分析力はモダニズムの歴史性を洞察し、第一次世界大戦後の『ユリシーズ』出版から百年経った二十一世紀初頭の現在、第三次世界大戦の気配も感じながら、ＡＩによる言語の反復模倣が人間の言語の荒廃終焉をポストモダニズムの向こう側に逆説的に感取していたことになる。ジョイスによる言語の解体と輪廻転生の果ての様態が、映像と音声の分野では機器の発達とともに隆盛を見つつあるが、瞬時の知覚と感性の反応から生まれる思考・感情は、科学技術の発達とともに人間の十全の生命活動を開くことになるのかが、我々の文学の課題である。

共訳の仕事を引き受けて下さった小田井勝彦さんは、長年日本ジェイムズ・ジョイス協会で活動しながらジョイスを中心にアイルランド文学を研究してこられた。英語の理解力と日本語の表現力を積み上げて、心理学者ユングが自在な分析と屈折した思考の詰まった文章を双方で翻訳加筆、交換を繰り返した今、この大胆な文明論ともいえるジョイス論の翻訳を、小田井さんの詳細な解説とともに読者に提供できることは幸いである。ジョイスがダブリンの他者を離脱し、『ユリシーズ』の創作をトリエステ、チューリッヒ、パリへと自由な空気を求めて貧困をくぐり抜けながら移り住んで進行させ、古典的、ロマン主義的文学の「わたし」を超え、シュルレアリスム、フォーヴィスムを抜けてキュビスムに通じる普遍的な「自己」を目指した言語活動の源泉が、ここに明らかになる。

二〇二三年五月三日

ダブリン湾の発電所　ダブリン　1983年撮影
(©Kojin Kondo)

【訳者】

小田井 勝彦

（おだい・かつひこ）

1976年千葉に生まれる。専修大学非常勤講師。

著書：『英米文学にみる検閲と発禁』（共著、彩流社、2016）、『ジョイスへの扉――『若き日の芸術家の肖像』を開く十二の鍵』（共著、英宝社、2019）、『百年目の「ユリシーズ」』（共著、松籟社、2022）

編著：『アジアから見た日本』（共編著、南雲堂、2015）、『ヒラリー・クリントンはそこが言いたかった』（共編著、東京堂出版、2017）、『使える英語フレーズ500ではじめるTOEICテスト』（共編著、南雲堂、2019）

論文：「署名を拒否するスティーヴン」（広島大学英文学会『英語英文學研究』第63巻、2019）

訳書：ジョン・マクガハン『男の事情・女の事情』（共訳、国書刊行会、2004）、リチャード・エルマン『イェイツをめぐる作家たち』（共訳、彩流社、2017）、リチャード・M・ケイン『イェイツとジョイスの時代のダブリン』（小鳥遊書房、2020）

近藤 耕人

（こんどう・こうじん）

1933年東京に生まれる。明治大学名誉教授。

著書：『映像と言語』（紀伊國屋書店、1965）、『見える像と見えない像』（創樹社、1982）、『見ることと語ること』（青土社、1988）、『映像、肉体、ことば――不在のまなざしの時代』（彩流社、1993）、『ミメーシスを越えて――ヨーロッパ文学における身体と言語』（水声社、2008）、『目の人――メディアと言葉のあいだを読む』（彩流社、2012）、『ドストエフスキイとセザンヌ――詩学の共生』（共著、晃洋書房、2014）、『アイルランドの言葉と肉――スターンからベーコンへ』（水声社、2017）、『演劇とはなにか』（彩流社、2018）など。

論文："Translation of Ulysses into Japanese and Kawabata", in *"Ulysse" à L'Article: Joyce aux Marges du Roman*, DU LÉROT, 1991. "The Eye and Regard: Peering into Samuel Beckett's FILM", *SCREEN*, 2020など。

編著：『サミュエル・ベケットのヴィジョンと運動』（未知谷、2005）、『写真との対話』（共編著、国書刊行会、2005）、『サミュエル・ベケットと批評の遠近法』（共編著、未知谷、2016）など。

訳書：スーザン・ソンタグ『写真論』（晶文社、1979）、ジェイムズ・ジョイス『さまよえる人たち』（彩流社、1991）など。

【著者】

カール・グスタフ・ユング

(Carl Gustav Jung)

1875年生まれ、1961年没。スイスの精神医学者、精神分析学者、チューリッヒ大学講師、バーゼル大学教授を歴任。1906年から1913年まではフロイトの主要な擁護者であった。ユングがリビドーの概念をフロイトが主張した肉体的な意味を超えて一般化したために二人は訣別、その後歴史や宗教、東洋思想、錬金術などを探究し、「元型」、「集合無意識」などの概念を導入した分析心理学を創始。
著書　『心理学的類型』(*Psychologische Typen*, 1921)、『心理学と宗教』(*Psychologie und Religion*, 1940)、『心理学と錬金術』(*Psychologie und Alchemie*, 1944)、『ユング自伝——思い出・夢・思想』(*Erinnerungen Träume Gedanken*, 1962) など多数。

ユング、『ユリシーズ』を読む

2023年10月5日　第1刷発行

【著者】
カール・グスタフ・ユング
【訳者】
小田井勝彦／近藤耕人

発行者：高梨 治
発行所：株式会社**小鳥遊書房**
〒102-0071　東京都千代田区富士見1-7-6-5F
電話 03 (6265) 4910（代表）／FAX　03 (6265) 4902
https://www.tkns-shobou.co.jp
info@tkns-shobou.co.jp

装幀　宮原雄太（ミヤハラデザイン）
印刷　モリモト印刷(株)
製本　（株）村上製本所
ISBN978-4-86780-023-2　C0098